世界少年经典文学丛书

闹海的螃蟹

[英]吉卜林　著

刘　玉　编译

中国出版集团　现代出版社

图书在版编目（CIP）数据

闹海的螃蟹／（英）吉卜林（Kipling,J.R.）著；刘玉编译. —北京：现代出版社，2013.2

ISBN 978 – 7 – 5143 – 1287 – 4

Ⅰ. ①闹… Ⅱ. ①吉… ②刘… Ⅲ. ①童话 – 英国 – 现代 – 缩写

Ⅳ. ①I561.88

中国版本图书馆 CIP 数据核字（2013）第 021907 号

作　　者	吉卜林
责任编辑	刘春荣
出版发行	现代出版社
通讯地址	北京市安定门外安华里 504 号
邮政编码	100011
电　　话	010 – 64267325　64245264（传真）
网　　址	www. xdcbs. com
电子邮箱	xiandai@ cnpitc. com. cn
印　　刷	三河市嵩川印刷有限公司
开　　本	700mm×1000mm　1/16
印　　张	9
版　　次	2013 年 2 月第 1 版　2021 年 8 月第 3 次印刷
书　　号	ISBN 978 – 7 – 5143 – 1287 – 4
定　　价	29.80 元

序 言

孩子是未来的希望，是父母心中的天使，是充满快乐的精灵。小学阶段更是孩子最快乐的时光，是孩子成长发育的黄金阶段。为了让孩子学习更多的课外知识，享受更加丰富的学习乐趣，我们策划了本丛书！

从小让孩子多读课外书，对培养孩子健康的心态和正确的人生观无疑将起着非常重要的作用。自《语文课程标准》公布以来，不少富有敬业精神、有才干的教师，在他们的教学中，担当起阅读教育的重担。他们在严谨的选材中，利用丰富的文学资源，向学生推荐了大量优秀的课外读物，实施了以"练成阅读和作文的熟练技能"为重要内容的阅读教育。大千世界充满了丰富的知识。阅读能丰富小学生的语文知识，增强阅读能力，提高写作水平，开阔视野，增长智慧。阅读本丛书，能够使孩子享受到阅读的快乐，激发起更浓厚的阅读兴趣，孩子的生活将充满新的活力与幸福！本丛书精选了世界名著和中国经典书目中流传最广、影响最大、最脍炙人口的作品，是培养小学生理解能力、记忆能力、创造能力的最佳课外读物。

最后需要指出的是，本丛书把世界上流传甚广的经典童话、寓言等也尽收其中，并将这些文学作品重新编写审订，使作品在不影响原著的基础上更适合少年儿童阅读，在丰富他们课余生活的同时提高语言和文字表达能力。本丛书通过科学简明的体例、丰富精美的图片等有机结合，使小读者不仅能直观地领略作品的精髓，而且还能获得更为广阔的文化视野和愉快体验。希望本丛书能成为孩子生活的一缕阳光照亮孩子前进的道路，能成为一丝雨露滋润孩子纯净的心灵。

编 者

目　录

闹海的螃蟹

在远古时代，魔术师长老巴万物正准备就绪的日子之前，世界最原始的时代就已经开始了。首先他把地球安排好了，然后他把大海也安排好了；他把这些都安排好以后，就告诉所有的动物，它们可以出来玩耍了。动物们出来了后说："噢，我们的魔术师长老，我们要做什么游戏呢？"魔术师长老说道："我表演给你们看吧。"他取了那海狸模具之后说："扮成海狸的样子。"于是所有的海狸都扮好了。他取出了大象模具之后说："扮成大象的样子。"所有的大象都扮好了。他又取出了那只海龟，他说："扮成海龟。"于是所有的海龟都扮成了。他又取出了牛之后说："扮成牛。"于是所有的牛都扮成了。他把所有的动物一个接一个地取了出来，告诉他们应该扮成什么样子。

但是到了黄昏时分，人们及万物都变得疲倦不堪和烦躁不安了；就在那时来了一个肩膀上坐着一个最可爱的小女儿的人。他说道："魔术师长老，这是什么样的游戏呢？"于是魔术师长老说："嘿！这是最原始的游戏。不过你对这个游戏是很内行的。"于是那个人客气地说道："是的，我对这游戏是很内行的。但是你应该明白，你要使所有的动物都服从我！"

正当他们两个一起谈话的时候，一只名叫鲍阿马的螃蟹急急忙忙地跑到海里去了。他自言自语道："我要在海里单独地做我自己的游戏。而且我是永远不会服从那个亚当之子的。"没有人看见那只螃蟹走开了，除了那个倚坐在那人肩膀上的小女孩。那些游戏继续进行着。没有命令，没有一个动物敢擅自离开那里。那魔术师长老从他手上擦掉粉末，去周游世界了，他决定去看看那些动物在做什么样的游戏。

魔术师长老往北去了，在那里他发现所有的大象正在用长牙挖掘着地，在已经准备好的、美好清新的土地上印下了足迹。

所有的大象问道："我们这样做对吗？"

那魔术师长老说道："你们做得完全对。"于是魔术师长老就冲着大岩石和许多土块呼出了一口气，于是那些岩石及土块就形成了喜马拉雅山脉。直到现在你可以在地图上查出这些山脉。

然后魔术师长老往东走去了。他发现那里所有的牛，都被饲养在为他们所准备出的田地里。牛不时地舔着舌头绕着整个树林走着，又把舌头缩回去，坐下反嚼着食物。

牛说道："魔术师长老，我们这样做对吗？"

魔术师长老说道："你们做的完全对。"他冲着牛在吃东西的那小块空地和牛坐着的那地方上呼了一口气。于是，那两个地方一处变成了印度大沙漠，另一处则变成了撒哈拉沙漠。

然后魔术师长老又往南走去了，发现所有的海龟正用鳍状肢在地上乱画着。于是那沙子和岩石深深地落进了海里。

所有的海龟问道："我们这样做对吗？"

魔术师长老说："完全对。"于是他对着落在海里的沙子和岩石呼出了一口气，那沙石立刻就变成了最美丽的西里伯岛、苏门答腊岛、爪哇岛、婆罗洲岛及马来群岛的其余岛屿。

魔术师长老又往西走去了。他发现所有的海狸，正在为他们准备的宽阔的河口上，筑起了一堵海狸坝。

所有的海狸问道："我们这样做对吗？"

魔术师长老说道："很对。"于是，他冲着枯树和死水呼了口气，然后这些枯树及死水立刻就变成了佛罗里达州的森林空地。

不久，魔术师长老在霹雳河岸再次遇到了那个人，并说道："嘿！亚当之子，所有的动物都会服从你吗？"

那人说："是的。"

"全地球的人和动物都会服从你吗？"

那人说道："是的。"

"所有的大海都会服从你吗？"

那人说："不是的。大海白天及夜晚各有一次使霹雳河水上涨，并把清水灌进森林，以致使我的房屋都被浸泡了。白天及夜晚各一次，大海使河水退落了下去，并把全部水吸到大海之内。因此，我那里除了泥沙之外没有别的了，而我的独木小船随之颠覆着。那就是你告诉大海所做的游戏吗？"

那魔术师长老说："不是的，那是种新颖的和糟糕的游戏。"

那人说："看！"当他讲话时，那海水已经涨至霹雳河口上了，把那条河水又冲了回来，直到这条河把整个漆黑的森林全部淹没，那人的房子也在淹没的范围之内。

魔术师长老说道："这种情况是错误的。你把你的独木舟放下水去的话，我们就会探知出是谁在那里闹大海。"那个小女孩也同他们踏进了小船里。那人拿出他们马来人的刀刃弯成波浪形，像火舌般的短剑把小舟推下了霹雳河口，然后大海就开始退潮了，于是那独木舟被霹雳河口吞了进去。小舟越过马六甲、马来西亚的雪兰峨邦、新加坡。河水吞啊吞啊，把小船吞进了滨坦岛。当它漂流过滨坦岛时，小船被一根绳子拉住了。

于是魔术师长老站了起来喊道："嘿！所有的动物们，是我教会你们应该玩的游戏，并且你们都是我在开天辟地时从我手掌之间取出来的。现在你们哪一个无聊地在闹大海啊？"

然后所有的动物都异口同声说道："魔术师长老，我们和我们的子孙一直在做那些你教我们的游戏，可是我们当中没有一个闹大海的呀。"

后来，一轮又大又圆的月亮从水上升了起来。正坐在月亮上纺织着一条钓鱼线的驼背的月亮佬说，他希望总有一天能用这条钓鱼线来捕捉全世界。魔术师长老说："嘿！月亮上的渔翁，是你在闹大海吗?"

那渔翁说道："我没有闹海啊，我正在纺线呢，用这条线我有朝一日会捕捉到世界的，但是我真的没有闹大海啊。"于是他又继续纺线。在月亮上还有一只老鼠。那魔术师长对那个总是迅速地把月亮佬纺成的线咬断的老鼠说："嘿！月亮鼠，是你在闹大海吗?"

那老鼠说："我可没有闹大海啊。我正在忙得不可开交的咬断那老渔翁纺出的线呢。"说完后老鼠继续咬着线。

那小女孩举起她柔软的上面戴着美丽的白色贝壳手镯的棕色小手臂说道："噢，魔术师长老，在开天辟地时我的父亲在这里同你谈话时，我倚坐在父亲的肩膀上，正当兽类做你所教他们的游戏的同时，我看见其中一个动物不听话离开了，走进了大海里。"

魔术师长老说道："这些看见了又沉默不语的小孩子们是多么的聪明啊!"于是那小女孩接着说道："他的眼睛向上翻看，他斜着身子走，有一个硬实的甲盖覆在他的后背上面，他身体又结实又平滑。"于是那魔术师长老说道："讲真话的小孩们是多么聪颖啊! 现在我知道鲍阿马螃蟹跑到哪里去了，把短桨给我!"于是，他们顺着慢慢流淌的水，来到了一个叫做釜塞特塔翌克的地方——那里是大峡谷通向世界中心的地方——那里又是大海的中心。在那山谷里生长着奇妙的树木。那魔术师长老把他的手臂伸开，潜在了那温暖的深水中。他摸索着触摸到了鲍阿蟹宽阔的背，在一个奇妙的树根下。由于他这一触摸使螃蟹安定下来了。整个海水涨了起来，那情景就像你把手放进水盆里时，水从盆子中漫出来一样。

那魔术师长老说道："哈! 现在我知道是谁一直在闹大海了。"于是他喊道："你在这里干什么呢? 鲍阿马。"

那鲍阿马螃蟹在深水下面回答道："我白天和夜晚各一次到这来寻找食物，我白天和夜晚各一次又返回去。你赶快放了我！"然后那魔术师长老说道："听着，当你从洞穴里爬出来的时候，海水就倾泻到了釜塞特·塔西克里。于是所有小鱼都死掉了。弄得那大象王满腿中毒。而当你回来坐在釜塞特·塔西克里时，海水就上涨了。小岛的一半也被淹了。鳄鱼嘴里也灌满了盐水，而那里的房屋也被淹了。

鲍阿马在水下笑着说："我以前并不知道我是如此了不起。从今以后我一天将走出来七次，那么海水将会永远不得平静的。"

于是那魔术师长老说道："鲍阿马，因为你在开天辟地的时候就逃离了我，所以我不允许你做着这种随心所欲的游戏。如果你不害怕的话，就上来吧，我们来谈谈这件事情。"

鲍阿马螃蟹说道："我有什么可害怕的。"于是他在月光下游上了海面。在世界上没有像鲍阿马那么大的东西了——因为他暗示所有的螃蟹中的大王。他的大硬壳的一边触到彭亨邦海岸，另一边触到马来西亚沙劳越邦海岸，而且他比三个火山的烟柱还要高！当鲍阿马浮起来穿过那奇妙的树林时，他扯下了一个能使人返老还童的生果，那个小女孩看见魔果在独木舟旁边忽沉忽浮的。于是小女孩就把魔果放进船里，并用她的小金剪子掘出了魔果上的软眼睛。

那魔术师长老说："鲍阿马，现在，你使个招法，来显示一下你的威力吧！"

鲍阿马转动了一下眼睛并摆着腿，但是他能做到的只是翻腾大海。虽然他是个蟹王，但是他并不比别的螃蟹多什么东西。那魔术师长老笑了。

他说："鲍阿马，你没什么了不起的！现在让我试试看你的真实实力吧。"他用左手的小手指使了个魔术，于是——鲍阿马那蓝灰色的坚硬的黑壳，就像个脱落的椰子壳一样，从他身上脱落了下来。而鲍阿马只剩下软体了。

魔术师长老说："你确实很了不起。我用这个人的短剑把你切割开好吗？我让鳄鱼王咬你怎么样？或者我去请那象王，用他的獠牙把你刺透。"

于是鲍阿马说："我感到很惭愧！让我回到釜塞特·塔西克去吧！请把我的硬壳还给我吧！我将只在白天和晚上各一次翻动大海来索取我的食物。"

于是那魔术师长老说："不，鲍阿马，我是不会把壳还给你的。因为这样你会变得更大、更强壮、更骄傲，而且不过多久你可能就会忘掉你的诺言，继续闹海啦。"

鲍阿马说："我是这么大，除了只能藏在釜塞特·塔西克里，我还能干什么吗？如果我像现在这样周身柔软的话，那不管到什么地方，那些鲨鱼和狗鱼都会把我吃掉的。而且如果我像现在这样没有硬壳儿的走到釜塞特·塔西克去的话，虽然我也许会平平安安，可是我以后就永远不能索取食物了，久而久之我就会饿死。"然后他摇晃着腿叹息着。

魔术师长老说道："听着，鲍阿马，因为你在开天辟地时就逃离了我，所以我不能再使你做这种为所欲为的游戏了。但是如果你愿意的话，我可以使所有大海里的每一个洞穴、每一块石头、每一束海草，成为你和你后代的永久的安身之地。"

然后鲍阿马说："那很好，但是我还是有点不愿意。看！如果在开天辟地时那个人没有跟你谈话，没有吸引你的注意力的话，我就不会迫不及待的跑开，而且这一切也就不会发生了。那么他能为我做些什么呢？"

那人说道："如果你愿意的话，我可以使一个魔术，能使你们既能藏在陆地，又能藏在海里。这样那深水和干燥的地面都是你和你孩子们的家园了。"

鲍阿马说道："可我还不情愿选择啊。看啊！那就是在开天辟地之初看见我跑开却没有说话的那个小姑娘。如果那时她能说话的话，魔术师长老就会把我喊回来。那么这一切就不会发生了。她将为我做些什么呢？"

那小女孩说道："我正在吃一个苹果。如果你愿意的话，我将使个魔术，而且我会把这把既锋利又结实的剪刀给你。当你和孩子们从海里来到陆地上的时候，你就可以用这把属于你的剪刀，为你们挖一个安身之地，也可以像今天一样整天吃可可果，而且当土地太硬的时候，你们还可以跑上树去。"

鲍阿马说道："但是我还不情愿选择，因为我全身柔软，这些礼物不能帮我太多的忙。魔术师长老，你还是把我的壳还给我吧，如果那样的话我将永远做你的游戏。"

那魔术师长老说道："鲍阿马，在每年中的第十二个月，你身体会变软的，一年之中我会把壳还给你十一个月的。因为我懂得如果你们既可以在水下又可以在陆地上跑的话，你们的胆子就会变得非常大。如果你们能用剪刀爬树，还能撕裂坚果，还能挖洞的话，你们就会变得非常贪婪。这是为了提醒你和你所有的孩子们，我能使魔术，而且还是为了使你保持谦逊。"

然后鲍阿马稍微想了想说道："我已经做出选择了，我接受这一切礼物。"

于是那魔术师长老用右手使个魔术。瞧啊，看啊，鲍阿马变得越来越小了，到最后竟变成了那种仅仅游在独木舟旁边水里的绿色的小螃蟹。鲍阿马用很小的声音喊道："给我剪刀吧！"于是那小女孩把螃蟹拾到她那棕色的小手掌上，并把她那剪刀给了螃蟹，又把螃蟹安放在了船底。螃蟹摆着臂上的剪刀，把剪刀开张又闭上，弄得剪刀噼啪地响，并且说道："我能吃硬壳果了。我能挖洞，我能爬树，我能在干燥的空气中呼吸，我能砸破贝壳，我能在每块石头下找到安全的安身之地，我以前真不知道我是如此的重要。这对吗？"魔术师长老说："你说的完全对。"他笑着并为他祝福。鲍阿马急速地爬上小舟的一边，钻进水里去了。

魔术师长老问："那件事完成了吗？"

那人说："是的。但是现在我们必须会到那条令人厌烦的霹雳河去，如果我们等到鲍阿马从他的住处走出来，并又回到家里的话，那水流会把我们冲到那里去的。"

魔术师长老说："你真懒，并且你的孩子也会跟着你懒的。他们会被称作懒惰的人们，他们将是世界上最懒的人。"于是他抬起手指了指月亮说："噢，渔翁，这里有一个不能划船回家的大懒人。渔翁，用你的线把他的小船拉回家去吧。"

那人说："不，如果我整天懒惰的话，就让大海永远一天为我效劳两次吧，那样我就用不着划桨了。"

"这话是对的！"那魔术师长老笑着对那人说。

那渔翁把他的线投了下去，直到把线触到海上。因为那个月亮鼠不再咬线了。于是他把整个深海拉成一线，小船经过马六甲，经过新加坡，经过雪兰峨，直到小船又疾驶进霹雳河口。

月亮渔翁问："这样做对吗？"

魔术师长老说："做的完全对！那从此以后你就永远地白天晚上各两次的拉一下大海，这样的话，马来渔夫就可以免于摆渡了。但是千万别拉得太狠了，不然的话我要对你也使个像我对鲍阿马所使的魔术。"

从那天起，月亮就总是把大海来回地拉，所以就造成了我们称之的潮汐。有时那渔翁拉的劲有点小了，那么我们就看到了被称为的小潮，但有时他拉的劲儿有点狠了。因为他怕魔术师长老会对他使魔术，所以他一向都拉得很认真仔细。

当你走向海岸时，你可以看见，所有的鲍阿马是怎样在每块石头下及在沙石的杂草丛下，为他们自己营造小安乐窝。鲍阿马螃蟹的情况又怎样了呢？确实像那小女孩答应的那样。你可以在世界上的任何一个地方看见螃蟹挥动着他们的小剪子。他们生活在干燥的土地上，跑上棕榈树，吃些可可果。但是一年一度，因为老鲍阿马螃蟹愚蠢的、粗野无礼的行为，所以必须脱掉他们的硬壳，成为软体。因此伤害或捕捉鲍阿马螃蟹的幼儿是不公平的。

　　噢，是的！为什么螃蟹用他们的剪刀夹你呢？因为鲍阿马螃蟹的幼儿们不喜欢人们把他们从小安乐窝里掏出来，并带回家放在泡菜坛子里。这可算是正当防卫了！

驼峰

第二个故事讲的是什么呢？它讲的是骆驼的大驼峰是怎样生成的。

在开天辟地之初，那时世界是那么的崭新和完整无缺，动物们刚开始为人类劳动。有一匹生活在一望无际的大沙漠的中部，吃些树条、荆棘、柽柳百、有浆液的杂草及霸王树等的骆驼，非常不想劳动。除此之外，这匹骆驼还愚蠢的可笑。当有人跟他讲话时，他总是很不高兴地说个"哼！"，别的什么也不说。

不久，在星期一的早晨，一匹马背上带着个鞍子，嘴里戴着一个嚼子，矫健地走到了那只骆驼的前面，说道："骆驼啊，骆驼，走出来吧，像我们一样地奔跑吧！"

骆驼说道："哼！"于是马走开了，并告诉了别人。

在不久后，一只狗嘴里叼着一根棒子，走到骆驼前面，说道："骆驼啊，骆驼，来吧，像我们一样捕拿食物，搬运东西吧！"

骆驼说："哼！"听了这话狗走开了，并告诉了别人。

不久，一头脖子上驾个轭的公牛走来，说道："骆驼啊，骆驼，来像我们那样耕地吧！"

骆驼说道："哼！"于是公牛也走开了，也告诉了别人骆驼的话。

一天晚上人把马、狗和公牛都叫到了一起，说道："噢，世界是那么的崭新和完整无缺，但是我对你们三个深感抱歉。但是沙漠中那个'哼'的东西不肯劳动，或许到现在他还在那里。所以我打算单独把他丢开不管了。但为了弥补这么做所带来的损失，你们必须用双倍的时间来劳动。"

人的这种打算使得马、狗和公牛都非常气愤（由于世界是那么的崭新和完整无缺）。因此他们在沙漠边缘聚集开了好多个大会小会一起商量对策。而那匹骆驼一边走过来嘲笑了马、狗和公牛，一边咀嚼着矮树上带浆汁的树条。然后他说了声"哼！"后又走开了。

不久，那个管理整个沙漠的法师用沙漠的法师们向来使用的方式——腾云驾雾地来了。因为这是魔术。他停下来与马、狗和公牛闲谈，并与他们三个进行了商议。

马说道："全沙漠的法师，由于世界是那么的崭新和完整无缺，无论对谁来说，游手好闲是对的吗？"

法师说："那是当然不对的。"

马接着说道："嗯，在你漫无边际的大沙漠的中部，有一个长脖子和长腿的家伙，自从星期一早晨起到现在，他就没有做过一丁点工作，因为他不会奔跑。"

法师吹声口哨说道："唷！可那是阿拉伯沙漠中的无价之宝啊，我的骆驼啊！关于劳动方面的事，他说了些什么呢？"

狗说道："他说，'哼！'他既不捕拿食物也不搬运东西。"

"另外他还说了些什么呢？"

公牛说道："他只会说'哼！'而且他不会耕地。"

法师说道："很好，如果你们愿意耐心等一会的话，我去找他。"

法师裹着风衣，带着魔杖，穿过沙漠走了。然后法师在一块地上发现那匹骆驼极为懒散、悠闲地正在欣赏着水池中自己的倒影。

法师说道："我高大、洋洋自得的朋友，在世界是那么崭新又完整无缺的时候，我听说你竟然不做工作，这是怎么回事啊？"

骆驼仍然只是看着水池中自己的倒影，并"哼"了一声。

法师坐了下来，用手托着下巴，并开始考虑怎样施展个大魔术来教训一下这个骆驼。

法师说道："自从星期一早晨，你就给马、狗和公牛三个增添了额外的劳动量，这完全是由于你的懒惰所造成的。"说完后他手托着下巴继续考虑着法术。

骆驼说道："哼。"

法师说道："你可以经去常不断地说那'哼'，但是我要求你去劳动。如果我是你的话，我就不再说那'哼'了。"

而骆驼又说了声"哼！"但他的话音刚落，他就看见在他的背上隆起了一个越膨胀越大、累赘似的大峰。这峰同他经常说的那个为之骄傲的"哼"字音极为相近。

法师说："你看见那个没有？那正是你自己的'哼'（峰），它完全是由于你本人不劳动的原因所造成的。今天是星期四，可是你从星期一起就没有劳动过一次。但是劳动是从星期一就已经开始了的。现在你要准备劳动。"

骆驼说："我怎样能够劳动呢？我背上背着个这么大的大峰啊！"

法师说，那是你的报应了，全是因为你误过了那三天造成的结果。现在你不用吃东西也能够劳动三天。只要有你的驼峰，就可以生活了。而且你可以做任何事。从沙漠中走出来吧，走到马、狗和公牛那里去吧，并且要有点礼貌。从那天起，这个驼峰就永远跟在了骆驼的身上。但他再也赶不上他没有赶上的那三天了。而且他从来没有学会怎样做才是文明礼貌的。

犀牛皮的褶子

　　从前，在红海岸一个荒无人烟的岛屿上，住着一位只有一顶帽子、一把刀子和一个务必不得触摸的火炉的袄教徒（拜火教）。太阳的光辉从他那顶比东方人还要华丽堂皇的帽子上反射了出来。除此而外，他什么也没有了。有一天，他从什么地方取出了面粉、水、红醋栗、葡萄干、白糖和其他原料，动手为自己做了一块最好吃的大糕饼（那是魔术）。这块糕饼半径两尺，厚三尺。然后他把大糕饼放到火炉上烤了，因为已经允许他在火炉上做饭了。他把大糕饼烘烤了又烘烤，一直把它烘烤成发出令人垂涎的味道的黄焦焦的糕饼。当他正要吃这块刚烤好的糕饼时，一只长着一对贪婪的小眼睛，鼻子上长着一只角，又没有风度的看上去就好像一只诺亚方舟的犀牛，正从渺无人烟的内地朝着海岸走来。他当时仍然没有风度，并且现在及将来也永远不会有什么举止风度。那时，犀牛的皮把他的肢体裹得紧紧的。他身上的任何部位都没有皱褶。但是他当然要大得多。犀牛喊了声"噢！"那个袄教徒就赶快把那块糕饼撇下，爬上了棕榈树顶。他除了这一顶帽子之外，就没有其他的穿戴了。犀牛趁机把炉子拱翻了。于是那块糕饼滚落到了沙地上，然后犀牛把那糕饼插到鼻子上的一只角上，就把饼吃了，然后它就摇着尾巴朝那荒无人烟的与马赞带安岛、苏考爪岛及与昼夜平分现象较大的海角相接壤的内地走去了。然后这个袄教徒从他爬上的那棵棕榈树上下来，又把火炉架上。接着朗诵了一首谁都没有听过的诗。你夺走袄教徒所烘焙的糕饼的家伙，你会有一场你摆脱不掉恐怖的灾祸。

而且这灾祸比你能想到的还要大得多。

因为，五星期之后，在红海上就出现了一股热流。所有人都把他们所穿的衣服全都脱光了。那祆教徒也摘下了他唯一的帽子。而那只犀牛，当他去洗澡时，脱下了他那件看上去很像防水衣的皮，并把它扛在了肩膀上。在那时候，这张皮是用三个扣子扣在肚子底下的，他只字不提祆教徒糕饼的事，因为他把糕饼全部都吃光了。而且他无论是那时、现在或将来都不会有任何举止风度的。他把皮留在海岸上后，就大摇大摆地走下了水。

不久，那个祆教徒走过来并发现了犀牛的那张牛皮。他满面笑容地绕着那张皮跳了三次舞，并高兴地搓着手。接着他走到他的住所。并拿了一帽子糕饼渣。因为那祆教徒除了糕饼之外从来不吃别的东西，而且他从来就不打扫住处。他拿起那张犀牛皮挥动着。然后他把那张皮洗了洗，又搓了搓。那张皮就像那干燥的、陈旧的、硬得当当响的糕饼一样了。然后他又拿了些不烫手的炒栗子，爬上了那棵棕榈树顶，等着那只犀牛从水里走出来把他的皮穿上。

那只犀牛从水里出来后就穿上了皮。他用那三个纽扣把皮扣上了。但这皮就像撒在床上的糕饼渣似的使他浑身发痒。他想抓痒，可他这么一抓挠，反倒更痒了。于是他跑到棕榈树前，在树上蹭啊蹭的。他蹭得那么起劲，那么狠。以至于在他的肩膀上蹭出了大褶子。接着他又蹭出了另一个大褶子，那褶子就在那三个扣子原来在的位置（但是他把扣子也蹭掉下去了）。后来他又把四条腿蹭出了好些褶子。他又躺在沙滩上滚啊滚的，滚个不停。但他越打滚，那些糕饼渣却弄得他也越来越痒了。于是犀牛的脾气更暴躁了，但这对那些糕饼渣来说丝毫不起作用。这些糕饼渣裹在他的皮里面，把犀牛刺激得发痒。犀牛气恼得要死，拼命地抓着痒走回了家。

　　那个袄教徒，戴着那顶帽子从棕榈树上下来了。从那顶比东方人更华丽堂皇的帽子上，反射出了太阳的光辉。等他捆好了做饭的炉灶后，就向着草原和沼泽地带走去了。

　　就从那天起，每一只犀牛的皮上都有许多很大的褶子，而且犀牛脾气非常坏。这都是犀牛皮里面的糕饼渣作的怪。

好奇的小象

在那远古时代，大象没有那么长的象鼻子。他只有一个鼓起的、微黑的、与长筒靴一样大的鼻子。他能把这个鼻子两边来回地扭动。但是他不能用这个鼻子拾东西。但是，有一只小象———一只新生的充满了满足不了的好奇心的小象，问了好多好多的问题。他对自己生活的整个非洲都充满了好奇心。他向他的高大的长颈鹿叔叔发问，为什么他的皮肤带斑点。他高大的长颈鹿叔叔听了他的问题之后，就用他的硬硬实实的蹄子蹬了他一屁股。他又向他的高个子鸵鸟阿姨发问，她的尾巴上为什么羽毛长得那个样子。他的高个子的鸵鸟阿姨听了他的问题后，就用她的硬硬实实的爪子打了他一巴掌。虽然小象挨了打，可他还是充满了一肚子的好奇心。小象又向他那毛茸茸的狒狒叔叔发问，甜瓜为什么尝起来是那样的味道。可是他毛茸茸的狒狒叔叔听了他的问题之后，就用他那长满毛的脚爪抓了他。他又向肥胖的河马阿姨发问，她的眼睛为什么是红色的。他肥胖的河马阿姨听了他的问题后，就用她宽厚的蹄了踢了他。小象虽然挨了打，可他还是对好多事情充满了好奇心。他对他所看见的，所感觉到的，所嗅到的，所听到的，或所触摸到的一切，他都要问。然而平常他的叔叔阿姨们在听了他的问题后都会揍他的。可小象还是继续问着他的问题。

在一个明媚的早晨，这只不满足的小象又提出了一个他以前从未问过的、既新鲜又好奇的问题。他问："鳄鱼吃的是什么饭啊？然而人人都提高了声音对他高声喊叫着："别吱声，安静些。"而且他们把他打了很久，很久。

后来，小象被打完了后来到了停在一棵荆棘灌木丛中间的一只杜鹃鸟前。小象说道："因为我问了很多问题，我父亲打我，母亲也打我，连我所有的阿姨和叔叔们也都打我。但是，我还是想知道鳄鱼吃的是什么样的饭？"

那只杜鹃鸟带着悲切的叫声说道："到那灰绿色、滑润的大林坡河岸去吧。那里到处都是热带树木。你可以在那里找到你想知道的答案。"

就在那第二天早晨，这个好问问题的小象，带着一磅香蕉、一百磅甘蔗和十七个甜瓜，向他亲爱的家族的所有成员说："再见，我就要到那灰绿色、滑润的大林坡坡河去了。那里到处都是热带树林。我去寻找鳄鱼究竟吃什么饭。"虽然小象非常有礼貌地要求他们不要打他，可是他们还是趁着机会把小象又打了一顿。

然后小象离开他们上路了。天气有点热，但这算不了什么，完全没有必要大惊小怪的，他吃了些瓜，因为小象捡不起瓜皮来，所以把瓜皮扔得到处都是。

他从格雷安镇走到庆伯利城，又从庆伯利城走到开术斯市，又从开术斯市往东北角走。一路上，小象不停地吃着瓜。最后，他终于来到了灰绿色的、滑润的大林坡坡河。那里完全像杜鹃鸟所说的那样，四面八方都长着热带树木。

以前这个好寻根问底的小象不知道鳄鱼长得像什么样，也从未看见过鳄鱼。

在这里，小象第一个发现的东西是一条盘踞在石头上的、双色的岩石大蟒。

小象非常有礼貌地说，"对不起，在这动植物混杂的地区里，你看见过像鳄鱼这样的东西吗？"

那双色的岩石大蟒用一种轻蔑的声音说道："你问我看见过鳄鱼吗？

你接着还要问我什么呢?"

小象说:"对不起,你能好心地告诉我,鳄鱼吃的是什么饭吗?"

那双色的岩石大蟒很快地从岩石上绕散开,用他那带鳞的连枷式的尾巴抽打了小象。

小象说:"这可真怪!我的父母、叔叔阿姨,还有我的河马阿姨和那位狒狒叔叔,他们都因为我好寻根问底而打我——我猜想这大蟒打我也是同样一回事吧。"

因此他帮助大蟒重新又盘绕到那块岩石上,并且非常有礼貌地向双色岩石大蟒说了声再见,就继续走了。他虽然感到有点热,但他一点也不在乎。他吃了些甜瓜,然后又把瓜皮扔得到处都是。直走到后来他踩到他认为那是灰绿色、滑润的大林坡坡河边的木墩子上。那里到处都是热带树木。

啊,这可真是鳄鱼了,那鳄鱼正在那眯缝着一只眼睛。

小象非常有礼貌地说:"对不起,在这个杂乱的地区,你曾经看见过鳄鱼吗?"

小象很有礼貌地往后退了一下,因为他不希望再挨打了。那鳄鱼眯缝着另外一只眼睛,把尾巴从污泥中拖起了半截。

鳄鱼说道:"小家伙,走到这儿来,你为什么问些这样的事呢?"

小象非常有礼貌地说:"对不起,因为我想知道。我父亲打我,母亲也打我,更不用说我那高大的长颈鹿叔叔和高个子鸵鸟阿姨了。连那刚才在岸上的双色的岩石大蟒也用他的带鳞连枷式的尾巴打了我,而且他比任何叔叔阿姨们打得还要狠。我那长毛的狒狒叔叔也打我。因此,如果你也像他们一样要打我的话,我可不想再挨打了。"

鳄鱼说道:"小家伙,往这边走过来些,因为我就是那鳄鱼啊。"他甚至流下了他那鳄鱼的眼泪,来表明他真的就是鳄鱼。

然后,那小象气喘吁吁的在岸上跪了下来说:"我用了这么长的时间一直寻找的，就是你啊。你能告诉我，你吃的是什么饭吗?"

鳄鱼说:"小家伙，往这边走过来，我要贴着你的耳朵来告诉你。"

然后，那小象把头低下，贴近了鳄鱼那露齿的长嘴上。就在瞬间鳄鱼就叼住了他的小鼻子。以前小象的这个鼻子还不比长筒靴子大些呢，可是现在这个长鼻子却有用得多了。

鳄鱼从牙缝间说道:"我想，我想从今天我要开始与小象在一起了!"

就这样，那小象被惹恼了。他抽着鼻子说道:"放开我! 你真令人伤心!"

那时，那条双色岩石大蟒从岸上拖拉着爬来，用他一贯的谈话方式说:"我的小朋友，这个鳄鱼，会不等你来得及喊救命，他就会把你猛然地拽进那边那个清澈的小河里。我的意思是，现在如果你不立刻尽最大劲拉的话。"

小象一屁股向后坐下，拉呀拉，拉呀拉! 他的鼻子!

开始拉长了。鳄鱼在水中挣扎着，他的那大扫帚尾巴把水都搅混浆了。而那小象还不放弃，还在拉啊拉，拉啊拉的。

那小象的鼻子在不断地变长。他伸开了他的四条小腿又拉啊拉，拉啊拉，他的鼻子又被拉长了。那鳄鱼像划桨一样地拍打着尾巴，小象还是拉啊拉，拉啊拉，每拉一下，小象的鼻子就变得越来越长了——而且鼻子疼得他直唉哟、唉哟叫唤!

小象抽着鼻子说:"这个鼻子现在差不多有五尺长了，真是太要命了。"他感觉到他的腿发软了。

然后那双色岩石大蟒从岸上下来了，在小象的后腿上打了一个双套结。大蟒用一向谈话的方式说道:"你这个轻信性急的缺乏经验的小旅行家，尽量保持点高度紧张是现在最重要的。我推断，如果我们不这样做的话，那边那个鳄鱼，他将可能会永久地断送你的前程。"

因此，那大蟒拉着小象的鼻子，小象自己也拉着，旁边那鳄鱼也拉着，这中间那小象和那双色岩石大蟒拉得最起劲。最后，鳄鱼把小象放开了，这时小象的鼻子扑哧扑哧地响。你可以在大林坡坡河到处听到这扑哧扑哧的响声。

　　然后那小象猛劲地坐在了地上。但是，他先是小心翼翼地对他那可怜的被拉长了的鼻子也谢过了，接着他又温和地对那双色岩石大蟒蛇说了声"谢谢你"。然后，他卷起鼻子搭在那凉爽的香蕉树上，在那灰绿色的、滑润的大林坡坡河畔，悬挂着鼻子晾着。

　　双色岩石蟒问道："你为什么要那么做？"

　　小象说："对不起，我原来的鼻子形状被破坏了，我在等鼻子收缩回去呢。"

　　双色岩石大蟒说道："那样的话你会等很长时间的，有些人总是不懂得什么对他们来说是好的。"

　　就这样那小象在那里坐了三天，等着他的鼻子收缩回去。但是，他的鼻子从来没有变短一点。不仅如此，他的眼睛也变斜了。现在在动物园里，你会看见所有大象的鼻子是很长很长的。

　　在第三天末，一只苍蝇飞了过来，并且在小象的肩膀上叮了一口。当小象明白到他应该做什么的时候，他就抬起了他的那个长鼻子，用鼻子尖把那苍蝇给打死了。

　　双色岩石大蟒说："好，得一分！用你原来的鼻子，你是打不死苍蝇的。现在试试用它少吃点东西。"

　　当小象想起他要吃饭的时候，他就伸出他的鼻子拔起了一株大桐草，在他的前腿上把草磕打干净，然后就把草填进嘴里吃了。

　　那双色岩石大蟒说："好，得二分！用你原来的鼻子，你是做不了这事的。你不认为这里的太阳很热吗？"

　　小象说道："是很热。"当他想起他要做什么时，他就从那溜滑、灰绿色的大林坡坡河岸上，挖了一团泥，并把这团泥啪嗒一声拍在头上。那团泥便制成了一顶勺子样的凉爽的稀泥帽。

那双色岩石大蟒说道："好，得三分！用你原来那么大的鼻子是不能这么做的。现在你对挨打有什么感觉吗？"

小象说："对不起，我一点都不愿意挨打。"

双色岩石大蟒问："那你愿意打别人吗？"

"当别人欺负我的时候，我非常愿意打别人。"小象回答道。

双色岩石大蟒蛇说："那好，你会发现你的那个新鼻子用来打人是很好用的。"

小象说道："谢谢你，我会记住这个的。现在我想回到我亲爱的家族中去了，并且我想试试打人。"

于是小象撒着欢儿，甩着鼻子越过非洲走回了家。当他想吃水果的时候，他就从树上把水果捋下来吃，而不像从前那样等待着水果自己从树上落下来。当他想吃草的时候，他就把草从地上拔出来，而不再像从前那样蹲着拔草了。当苍蝇咬他的时候，他就折下一条树枝，把树条当苍蝇拍子用。当太阳狠毒时，他就自制一顶崭新的、凉爽的、湿软的稀泥帽子扣在自己的头上。当他感到孤单寂寞时，他就会用鼻子哼唱着歌玩儿，那声音比好几个铜管乐队的演奏声还要响亮。特别是当他迷了路时，发现了个肥胖的河马，于是，小象就狠劲地把这河马打了一顿，验证了一下他的新鼻子能否打人的真实性，就像那双色岩石大蟒所说的那样。剩下的时间，他又用鼻子捡起他以前扔在去大林坡坡河路上的瓜皮——因为他是个爱整洁的厚足动物。

一个黑沉沉的傍晚，小象回到他的亲属中来了。他卷起他的鼻子说道："你们好啊！"他的亲戚们看见他都非常高兴。但他们立即说道："到这里来后你还是问那么多问题的话，就得会挨打的。"

小象说道："呸！我觉得你们这些人不懂得什么叫打人。我就表演给你们看看。"

　　然后小象抖落开他卷起的鼻子，并用它拍了拍他的两个可爱的弟弟的头。

　　他们说："噢，老天爷啊！你在哪里学的这手本事呢？你干了什么事把你的鼻子搞成这样了？"

　　"我从住在灰绿色的、溜滑的大林坡坡河岸的鳄鱼那里，得到了一只新鼻子。我问他吃的是什么饭，可他却给我留下了这个鼻子。"

　　他的那个毛茸茸的狒狒叔叔说："但是这个鼻子很难看。"

　　小象说："鼻子是难看点，但是它可有用着呢。"接着，小象就用他的鼻子把他的长毛狒狒叔叔的一只毛茸茸的腿提了起来，把他拖进了一个大黄蜂巢里。

　　然后那个淘气的小象就把所有打过他的亲属都挨个地打得像热锅上的蚂蚁似的万分惊恐。当他肥胖的河马阿姨吃完饭后，在水中睡觉时，他就冲着河马阿姨叫喊着，向她的耳朵里吹泡泡。他把他高个子鸵鸟阿姨的尾巴毛往外拔了后，又把他的那高大的长颈鹿叔叔的一条后腿抓住，就把他拖到了一个荆棘灌木丛里。但是他从来不让任何人碰一下杜鹃鸟。

　　最后事情变得那么令人难以想象。他的亲属们一个一个地、匆匆忙忙地全都到那灰绿色的、滑润的大林坡坡河去了。他们到那里后都向鳄鱼借了个新鼻子。当他们返回来时，再也没有一个人打过别人一下，而且就从那天起，所有的大象，都长了个跟那个好追根问底的小象一模一样的象鼻子。

国王的象叉

　　茄卡那鸟的嘴巴，鸢的胃口，无尾猿的爪和人的眼睛是四样最贪得无厌的东西，自古以来就从没有感到满足过。

　　这次是大蟒蛇卡阿出生以来大约第二百次的蜕皮了；莫格里从来没有忘记陷进兽穴的那个夜晚，当时是卡阿救了他的命——于是莫格里这次便去祝贺他蜕皮。蛇在蜕皮时总是会情绪低沉、闷闷不乐的，这种情绪会一直到新的蛇皮变得光亮美观的时候为止。现在卡阿再也不取笑莫格里了，而是像丛林里的其他兽族一样，把他奉为丛林伟大、尊贵的大王，他经常把打听到的消息都告诉莫格里。卡阿对人们口中的中部丛林可说是了如指掌的——凡是有关在那个丛林里生活的动物，他都知道——他不知道的事，可以全部写在他身上最小的一块鳞片上。

　　那天下午，莫格里抚摸着卡阿刚换下的那身破破烂烂、碎成一片片的旧蛇皮，坐在他的身体中间。这块蛇皮还像卡阿刚蜕掉它的时候那样，纠结在一块，乱七八糟。由于卡阿非常殷勤地把自己的身躯垫在莫格里肩膀后面，所以他简直像靠在一张躺椅里一样舒服。

　　莫格里抚弄着旧蛇皮，悄声说道：“连眼睛上的鳞片也是十全十美的，看见自己脑袋上的皮躺在自己脚底下，真是有点不可思议啊！”

　　卡阿说：“是呀，不过我没有脚，而且蜕皮既然是我们这族的规矩，我也就不觉得有什么奇怪了。你的皮难道从来没有感到破旧和粗糙的时候吗？”

"要是那样，我就会去洗洗，脑袋；不过，在热极了的暑天里，我倒真的希望我能把皮脱下来，光溜溜地到处跑。""我洗自己，也就是说脱掉我的皮。你瞧我这身新外衣怎么样？"

莫格里顺着他巨大脊背上的垂直的花纹摸下去。他精明地说："乌龟的背比你坚硬，可是没有你鲜艳，和我同名的青蛙虽说比你鲜艳，可是却没有你坚硬。你的外皮看上去真美——就像百合花蕊边缘上的斑纹一样。"

"它还缺点水呢。我们去洗个澡吧，一张新皮不洗一次澡是不会把全部颜色都显出来的。"

莫格里说："我抱着你去吧。"于是他乐呵呵地俯下身子，想把卡阿那巨大的躯体的中间最粗的那一段抱起来。这就好比一个人想抬起一根两米长的水管一样；卡阿纹丝不动地躺在那里，鼓起了双颊，暗自觉得有趣极了。就这样，他们每天都要玩的游戏开始了——其中一个是充溢着巨大精力的男孩子，而另一个是刚换了一身华丽新皮的蟒蛇，他们开始互相交手，进行一场有着眼力和劲头的较量的摔跤比赛。当然，只要卡阿使足了劲头，他完全能把十二个莫格里压成肉泥；但是他玩得非常小心，他从来不会把劲头使出十分之一来。自从莫格里能承受得了一点点粗暴待遇时起，卡阿就教会了他这种游戏，这比什么其他办法都能锤炼他的四肢。有时，莫格里会被卡阿的躯体团团围住，直到嗓子眼那里。他使劲想松出一只手臂，好抓住卡阿的喉咙的时候，卡阿就会突然变软了、松开。莫格里就会趁着卡阿去找一块石头或者树桩撑住身体的时候，飞快地移动脚步，妨碍它找到支撑点。这时他们就会互相抱着头滚来滚去，相互窥伺着时机，于是这一对像雕塑般健美的对手就变成了一团黄黑色的蛇圈和胡乱挣扎的胳膊和腿。卡阿说道："嗨！嗨！嗨！"他伸出脑袋一次次佯装进攻的样子，快得连莫格里那样敏捷的手也无法把它推开，"瞧吧！我碰到你这儿啦，小兄弟！这儿，还有这儿！"游戏总是用蛇脑袋一记笔直有力的打击，把男孩打翻在地的方式结束。莫格里始终没有学会该如何对付那一记闪电似的袭击，而卡阿说，他根本用不着想去对付它。卡阿最后咕噜道："祝你打猎顺利！"而莫格里像往常一样，一下子被摔到了六米以外的地方，一面喘着气，一面大笑着。他抓了满满一手的青草，跟在卡阿后面，来到这条聪明的蛇最爱洗澡的地方——这是一汪被围在岩石中间黑洞洞的深水潭，给这地方添加了一些情趣的是旁边的树桩。小伙子按照丛林的方式，静悄悄地溜进了水里，再潜到了对岸；然后再悄悄地冒出水面，仰面躺着，两只胳臂交叉放在脑袋后面，心满意足的望着升起在岩石上面的月亮，用脚把月亮映在水里的影子搅碎。卡阿钻石形状的脑袋像一把剃刀一样划开了湖水，他浮出水面的时候，正好躺在了莫格里的肩头上。他们就这样静静地躺着，舒舒服服地浸泡在清凉的水里。

莫格里终于睡意蒙眬地说道："真棒呀，这会儿，在人群里，我记得每到这个时候，他们就把一些坚硬的木头片放进一个泥做的陷阱里，他们把清新空气都关在门外以后，便用一块臭气扑鼻的布蒙住他们的笨脑袋。丛林里可比他们那里好得多。"

一条匆忙赶路的眼镜蛇从一块岩石背后出溜下来后，饮了水，顺便对他们说了声"打猎顺利"便走开了。

卡阿说："咝！"他仿佛刚刚想起了什么事。"小兄弟，丛林满足了你的一切愿望，是吗？"

莫格里笑着说道："并不是满足了一切愿望，否则每个月都得再出生一头新的谢尔汗，好让我把他杀死啊。现在，我可以不用请水牛们帮忙，用自己的手杀死他了。另外，我曾经希望在雨季里能够阳光普照，而在当夏天最酷热的时候，我希望云朵能够盖住阳光；还有，当我每次饿着肚子的时候，总是希望我能杀死一头山羊；但当我杀了一头山羊的时候，又总是希望它是一头公鹿就好了；可是当我杀了一头公鹿的时候，我又希望它是一头大羚羊。人心不知足啊，我们全都是这样。"

大蛇问道："你就没有别的愿望了吗？"

"我还能有什么愿望呢？我有丛林，还有丛林赐给我的一切恩惠！在日出和日落之间，还有什么东西比这儿更美好呢？"

卡阿开口说道："喂，那条眼镜蛇说……"

"哪条眼镜蛇？是那条刚才没说什么就走开的眼镜蛇吗？他正在打猎。"

"我说的是另一条眼镜蛇。"

"你和那些有毒的兽族有很多来往吗？我让他们走自己的路。他们的门牙里每时每刻都携带着死亡，那可不是件好事，——因为他们是那么小。不过，和你说话的那条蛇的头兜是什么样的？"

卡阿在水里慢吞吞地翻了个身，就像在横浪里前进的一艘火轮一样。他说："三四个月以前，我在冰冷的兽穴那儿狩猎，你大概没忘记那地方吧。我捕猎的那家伙尖叫着逃过蓄水池，逃进了那所我曾经为了救你而砸破它的墙的房子，钻进地洞里去了。"

"可是冰冷的兽穴里面的兽族并不是生活在地洞里的啊。"莫格里能明白卡阿指的是猴子。

卡阿回答说："这家伙并不是在'生活'，他倒是想要'生活'下去。"他的舌头颤动了一下，"他钻进一条很深很长的地洞里去了。我跟踪上前去，捕杀了他以后，我就睡着了。等我醒来以后就向前走去了。"

"在地底下吗？"

"正是。后来我遇见了一条'白头兜'（白眼镜蛇），他告诉了我一些我所不知道的事，还带我看了许多我从来没有见过的东西。"

莫格里迅速地侧过身来问道："是新的猎物吗？你的狩猎成功吗？"

"那不是猎物，而且可能会把我所有的牙齿都能咬断；可是'白头兜'说，他很了解人类——人为了能看一眼这些东西，哪怕舍出命来也肯的。"

莫格里说："我们也去看一看吧，我现在才记起，我曾经也是人。"

"慢些——慢些。那条吃掉了太阳的黄蛇，就是因为匆忙才送了命的。我们在地下谈的时候，我提到了你，说你是一个人。'白头兜'说他已经很久没见到一个人了。叫他来吧，他会看见所有这些东西的。许多人为了这里最小的一件东西也愿意舍掉性命。"

"那肯定是什么新的猎物吧。可是那些有毒的兽族遇到猎物时候，是从来不通知我们的。他们是很不友好的兽族。"

"我敢肯定它们不是猎物。它是……它是……我说不出它是什么。"
"我们去那里吧。我还从来没有见过一条'白头兜'呢，另外我还想看看那些东西。他会捕杀它们吗？"

"他说，它们是没有生命的东西。而他是那一切东西的看守人。"
"噢！就像一头狼看守着他拖回自己巢穴里去的肉那样吧。好，我们走吧。"

莫格里游向了岸边，在草地上滚干了身体后，他们两个便出发到"冰冷的兽穴"去了。这里是一个荒无人迹的城市遗址，你大概听别人说过它。在那时候莫格里已经一点也不怕猴群了，可是猴群却很怕莫格里。不过，他们一族已经全部到丛林去劫掠去了！在月光下，"冰冷的兽穴"是那么的空旷寂静。卡阿带路来到阳台上王妃亭的废墟的时候，从一堆垃圾上溜了过去，但是那一堆垃圾堵住了一半的楼梯。莫格里先是发出了一声蛇的呼喊："我们是同胞。"然后手脚并用，跟在了后面。他们爬进了一个长长的倾斜的通道里。通道拐来拐去的，拐了好几个弯后，最后他们爬到了一个地方，那里有一棵离地三十米的巨大的树，树根把墙上一块实心的石头顶了出来。他们就从这个窟窿爬了过去，爬进了一间很大的洞窟，洞窟的圆顶也被树根顶破了，因此有几条光线从洞顶射进黑暗中。莫格里稳稳站起身来说："这是个很安全的窝，可惜，没法天天来。好吧，我们来看看，那些东西在哪里呢？"

洞窟正中有个声音说道："难道我不值得看吗？"莫格里看见有个白色的东西正在移动，一条他所见过的最大的眼镜蛇慢慢地直立起来——这条蛇足有八米长，由于长期呆在黑暗里，身体的颜色已经褪成了陈旧的白色。就连蛇的头兜也褪成了淡黄色。但他的眼睛却像红宝石一样鲜红。总而言之，这条蛇简直奇妙极了。莫格里说："祝你打猎顺利！"他从不忘记对人要有礼貌，就跟他从不忘记带上他的小刀一样。

白眼镜蛇没有回答他的问候，却这样问道："关于那座城市有什么消息吗？就是那座有巨大围墙的城市——拥有一百头象、两千匹马和不计其数的牛羊的城市——那个统率着二十个国王的王中之王的城市？我的耳朵已经变聋了，我已经很久没听见他的作战的锣声了。"

莫格里说："我们的头顶上是丛林，我认识的只有象群里的哈西和他的儿子们。巴希拉把一个村庄所有的马都杀死了，而且，什么是国王呀？"

卡阿温和地对眼镜蛇说："我告诉过你了，四个月以前我就告诉过你，你的城市已经不存在了。"

"那座城市——那座森林中最巨大的城市，它所有的城门都由塔楼把守着，——它是永远不会消灭的。还在我爷爷从蛇卵里孵化出来以前，他们就建立了那座城市，它会一直存在的，直到我的孙子们也变得像我一样白！它是由维叶加的儿子昌德拉比加，昌德拉比加的儿子萨洛姆狄在巴帕·拉瓦文时代建造起来的。你是属于谁家的牲口？"莫格里转过脸对卡阿说道："此路不通，我听不懂他说的话。"

"他太老了。我也听不懂他的话。眼镜蛇的父亲呵，这里只有丛林，自古以来它就在这里。"

白眼镜蛇说道："那么，他是谁？那个坐在我面前还毫不害怕，不知道国王是什么，用人的嘴说着我们的话的人是谁啊？那个佩带着小刀，会讲蛇的语言的人是谁？"

回答是这样的："他们叫我莫格里，我来自丛林。狼是我的同胞，这里的卡阿是我的兄弟。眼镜蛇的父亲，你是谁啊？"

"当我的皮肤还是黑色的时候，库伦王公建造了我头顶上这座石窟，命令我用死亡来教训那些前来盗宝的人。所以我是国王宝藏的看守人。然后他们从上面把珠宝放进石窟里，那时候我听见了我们的主人婆罗门的歌声。"

莫格里自言自语，"嗯！我在'人群'里的时候，跟一个婆罗门打过交道，我心里有数。邪恶也会来到这里的。"自从我呆在这儿以后，上面的石头被掀起过五次，每一次都是为了放进更多的珍宝，从来没有取出去过。不论是在哪儿，都没有这么多的宝藏，这是属于一百个国王的珍宝。可是在最后一次石盖被掀起以后，已经过去很久很久了，我还以为我的城市把我们忘记了呢。"城市已经没有了。抬头看看吧，在你头顶上，大树的树根把石头都掀开了。白眼镜蛇恶狠狠地说："有两三回，人们找到了这个地方，他们在黑暗里摸索着，可是他们一直没有发出声音，接着，他们只短短地喊叫了一声。可是带着谎话来到这里的你们两个人和蛇，你们要使我相信城市已经不存在了，我的看守职责也就快结束了。多少年来，人的变化很大。可我是绝对不会改变的！我要一直等到石盖被掀起为止，婆罗门教徒们唱着歌走下地窖，用热牛奶喂我，把我带到地上的时候，否则我……我……我，而不是别人，仍然是国王宝藏的看守人！你们说城市已经死亡了，你们说树根长到了这里？那么，你们弯下腰随便拿吧。天下没有这么多的珍宝。那个会说蛇的语言的人，你要是能从这个地方活着出去的话，那些小国王们就都要听从你的命令了！"

莫格里泰然自若地说道："还是此路不通，难道真有一头豺能钻到这么深的地方，咬了这位伟大的眼镜蛇一口吗？他肯定是疯了。眼镜蛇的父亲啊，我可看不见这儿有什么！"

眼镜蛇咝声说道："我以太阳和月亮的神明的名字起誓，这孩子是犯了疯病，是在找死啊！在叫你合上眼以前，我赐给你这个恩惠吧。瞧瞧，瞧瞧从来没有人看见过的东西！”

男孩子低声说道：“还没有哪个生物敢说赐给莫格里什么恩惠的呢。不过，我想，在这片黑暗的地方大概谁都会变成这样的。好吧，如果这能使你高兴的话，我就看看。”

他眯起双眼朝洞窟四周望去，然后从地上拾起一把闪闪发亮的东西。

他说道：“啊哈！这很像在‘人群’里常常玩的那种东西；不过这是黄色的，他们玩的都是褐色的。”他扔下了手中的那些金币，向前走去，洞窟地上堆积的金币和银币足有五六米深。它们已经挣破了原来包装它们的麻袋，滚落了出来，由于年深日久，这些金属就像在退潮时滞留下来的沙砾一样，紧紧地堆成一堆。一些还镶着珠宝的、有浮雕花样的银制象轿散落在金币和银币上面，或是从金币里面露出来，它们在外面点缀着锤得薄薄的金片，上面还装饰着红宝石和绿松石。这里还有女王使用的肩舆和暖轿。它们的骨架是用银和上好的珐琅制作的，而轿杠的把手是翡翠做的，窗帘的吊环是琥珀做的；这儿还有装饰着绿宝石的金烛台，穿了孔的绿宝石在烛台支架上晃动着；这儿还有已经被人遗忘的银制神像，它们有五米高，装饰着饰钉，眼睛是用宝石做的；这儿还有嵌金的锁子钢甲；这里还有饰以一串串深红色红宝石的头盔；这儿还有漆盾牌，上面饰以镏金片，边缘上嵌了绿宝石；这儿还有宝剑、匕首和猎刀；这儿还有金碗和金勺；还有轻便祭坛；这儿还有玉杯和玉镯；这儿还有香炉，梳子，装香水、染指甲水和眼膏的金瓶；这儿还有数不清的鼻环、臂镯、束发带、指环和腰带；还有箍了三层铁圈的木箱，箱子的木头已经朽烂成了粉末，露出里面装的星形蓝宝石、蛋白石、猫眼石、红宝石、钻石、祖母绿、石榴石。这是经过多少个世纪的战乱、抢劫、贸易和税收，经过仔细筛选和淘汰而后挑选出来的宝物。白头兜说得不错。不论多少钱也买不到这些宝藏。不要说那些宝石，仅仅那毡钱币，就是无价之宝；每个土著王公，不论怎么穷，总有一笔家藏的财宝，他们总是会不断地往里面增加东西；虽说隔很久会出现一个比较开明的王公，他也许会派四五十头水牛载着银子，去换取政府的安定，可是绝大多数王公都私藏了他们的宝藏，并且秘而不宣，牢牢保守着自己的秘密。

莫格里当然不会懂得这些财宝的含义。他对其中那些匕首稍稍产生了一点兴趣，可是它们每有簪头，因此他又把它们扔掉了。最后，他在一只象轿前面，找到一样被钱币埋掉一半的东西，它可真正使他着了迷。那是象刺——样子有些像一只小小的带钩的撑船篙子。把手的顶部有一块光彩夺目的圆形红宝石，把手约有八寸长，密密麻麻地嵌满了天然绿松石，握起来非常方便。接下来是一个翡翠环，上面雕着一朵花，嵌在冰凉的绿宝石切片之中。把手的其余部分是一根纯粹的象牙。象叉的顶端是一根全是钢的尖刺和一只钩子，外面有镏金，刻着猎象的图画，这些图画吸引了莫格里，他看出这些图画和他的大象朋友哈西有些关系。

"白头兜"一直紧紧地跟在他身后看。

他说道："为了看看这些，难道不值得舍掉性命吗？你瞧瞧，我难道没有帮你的忙吗？"

莫格里说："我不懂，这些东西又硬又冷，一点也不好吃。不过这个"——他举起了象叉——"我想拿那个到太阳底下瞧瞧。这些东西全都属于你吗？你能把它送给我？我会给你抓些青蛙来吃的。"

"白头兜"恶意地笑了，笑得全身都抖动起来。他说道："我当然可以送给你，只要你能活着离开这个地方，这儿的一切我都可以送给你。""我现在就要离开了。这里又黑暗又冰冷，我想把这个有尖刺的东西拿到丛林里去。""看看你的脚下，那儿是什么？"

莫格里慢慢拾起一块白白的光滑的东西。

他安然说道："它是一个人的头骨，这儿还有另外两块头骨。"

"他们是许多年前来这里想拿走宝藏的。我在黑暗里和他们说了话，他们就安安静静地躺下了。"

"可是我要这些宝藏干什么？你只要让我拿走象叉，我这次狩猎就算没有白来。就算是你不给我，也不要紧，我这次的狩猎仍然是非常成功的。我不爱跟有毒的兽族打架，人家也曾教过我你们这一族的行话。"

"这儿只有一句属于我的行话！"

卡阿眼睛熠熠发光，挺身上前，嗞声说道："是谁叫我把人带到这来的？"

老眼镜蛇口齿不清地说道："当然是我，我很久没有看到人了，而且这个人还会说我们的语言。"

"可是我们没有说过要杀死他的呀。你叫我怎么回到丛林里去？难道让别人说是我害死他的吗？""不到时候，我是不会说出杀他的话的，至于你回不回去，那边墙上有个洞。你这宰猴子的胖家伙！住嘴吧。我只要碰一下你的脖子，丛林里就再也不会见到你了。到这里来的人还从来没有活着出去的。我是国王宝藏的看守人！，

卡阿喊道："可是，你这个黑洞里的白蛆虫。我确切的告诉你，国王和城市都已经不存在了！我们的四周全是丛林！"

"不！宝藏还在。不过，我们可以这样办。等一等，卡阿，让那男孩跑跑吧。这儿地方很大，够我们好好玩玩的。生命是珍贵的；孩子！来回跑跑，玩一玩吧。"

莫格里悄悄地伸手摸了摸卡阿的头顶。他悄声耳语道："这个白家伙直到现在只跟'人群'里的人打过交道，所以他并不了解我。这次狩猎是他自己要求的，就让他试试吧。"莫格里原先是刺尖朝下握着象叉的，他迅速地把它抛了出去，象叉斜着横飞出去的时候正好落在了那条大蛇的头兜后面，眼镜蛇被象叉牢牢钉在了地上。一瞬间，卡阿便扑到了那扭曲的躯体上，使他从头到尾都无法动弹。他那红眼睛燃烧着。

就在莫格里的手伸出去拔出小刀时，卡阿说："杀死他！"他抽出刀

来说："不，今后，除了找食物，我再也不再杀生了。可是，你瞧瞧吧，卡阿！"他揪住蛇的头兜，用刀锋撬开了他的嘴，老蛇埋在牙床里的毒牙，已经萎缩发黑了。这头白眼镜蛇已经老得没有毒汁了。

莫格里说道："苏。"他挥手叫卡阿让开，拾起象叉，放开了白眼镜蛇。

他郑重地说道："国王的宝藏需要一个新的看守了，苏，你可没有干好自己的工作啊，还是你自己来回跑跑，玩玩吧，苏！"

白眼镜蛇哑哑地说："我太惭愧了。杀死我吧！"

杀人的话已经说得太多了。我们现在要走了。苏，因为我和你交了手，打败了你。所以我要拿走这个带尖刺的东西了。

好吧，瞧瞧到头来这东西会不会把你杀死。它就是死亡！记住，它就是死亡！这一种东西就足够杀死我的城市里所有的人了。丛林里来的人，你占有它的时间不会太长的，从你那儿抢走它的人，占有它的时间也不会很长的。人们会为了它杀人，杀啊，杀个没完没了！我的力量已经干涸了，可是这根象叉会代替我干活的。你记住，它就是死亡！它就是死亡！它就是死亡！"

莫格里从那个洞里爬回到地道里的时候，他最后一眼看见的是白眼镜蛇用他无毒的毒牙，疯狂地啃着地上那些神像的坚硬的金脸，哑哑地说："它就是死亡！"苏的字面意思是"腐烂的树桩"。

他们回到阳光下面后，心里就痛快了；他们回到自己的丛林以后，莫格里转动着象叉，让它在晨曦中闪闪发光，高兴得就像找到了一丛新的花朵插在头发里一样。

他旋转着红宝石高兴地说："这比巴希拉的眼睛还亮，我要把它拿去给他看看；可是那个苏说什么死亡，那是什么啊？"

卡阿说道："我也不清楚。他没有挨你的刀子，我觉得非常可惜。在'冰冷的兽穴'里，不管是在地上还是地下总是有些邪恶的东西。可是我现在觉得饿了，今天早晨你和我一起去打猎好吗？"　"我不能跟你一起去了，我得让巴希拉看看这东西。祝你狩猎顺利！"莫格里手舞足蹈地挥舞着象叉走开了。他一路上不时停下来欣赏它，直到来到巴希拉经常呆的那块丛林里。他看见巴希拉在吃过丰盛的猎物以后正在饮水。莫格里把自己今天的冒险事迹从头到尾告诉了他，巴希拉一面听着，不时嗅嗅那根象叉。

莫格里急忙问道："那么'白头兜'讲的是实话吗？"

"我是出生在国王的兽笼里的。我对人还是有点了解的。有好多人单是为了一大块红石头，是会杀掉三条性命的。"

"但是石头拿在手里多重啊。我拿的把发亮的小刀要好得多；而且，你瞧！那红石头不能吃。那么他们究竟为什么要呢？"

"莫格里，去睡觉吧。你在人当中生活过，而且……"

"我记得。人们杀生不是为了打猎，是为了消磨无聊的时间，为了取乐。醒醒吧，巴希拉。那这个有尖刺的东西是做什么的呢？"

巴希拉的眼睛半睁半闭——他太困了。"它是人造出来，用来扎哈西的儿子们的脑袋，好让它流出血来。我在奥德普尔大街上，就见过这样的事。这玩意儿尝过了许多哈西的同胞们的血。"　"可是他们为什么要用它扎象的脑袋呢？"

"人由于没有尖牙利爪，为了教会他们遵守人的法律，就造出了这类东西来；而且有的东西比这更凶狠。"莫格里厌恶地说："无论我走到什么地方，总是要流血，就连'人群'造出的东西也是这样。"他对于沉重的象叉已经开始有以点厌倦了。"我要是知道这些的话，是决不会拿走它的。起先，是米苏阿染在皮带上的血，现在又是哈西的血，我再也不会用它了。象叉飞了出去，插进三十码外的树丛中间。"我的双手再也不会沾死亡的边缘的！"莫格里在潮湿的强土上擦了擦他的巴掌后，说："那个苏说死亡会跟随我。他老得变白了，他发疯了。"　"小兄弟，不管是白还是黑，是死的还是活的；我可要睡觉了。我可实在没法像有些人那样，打猎打了整整一晚上，接着又号叫一个白天。"

巴希拉去了两里外的一个狩猎用的巢穴。莫格里为图省事，爬上了附近的一棵树。不到一会儿，他就已经在一张离地五十米的吊床里晃悠了。莫格里虽说对于强烈的日光不是那么反感，但他还是按照他的朋友们的习惯，尽可能不去利用白天。当莫格里在林中那些喜欢喧闹的兽族的吵闹声中间醒来时，已经暮色重重了。他一直在梦着他扔掉的那些鹅卵石。

他说："我至少得再去看一眼那件东西。"于是他攀着一根藤蔓爬到了地面上；但是巴希拉比他更快。莫格里看见他在昏暗的光线里嗅来嗅去的身影。莫格里喊道："那个有尖刺的东西在哪里？"

"有个人拿走了它。这儿是他的足迹。"

"这下我们就可以知道苏说的是不是实话了。假如那个东西意味着死亡的话，那个人就会死的。我们跟上他吧。"

巴希拉说："我们先去捕杀猎物吧，空肚子的人眼力一定不济。反正人走起来很慢，丛林又很潮湿，哪怕最轻微的痕迹也会留下来。"他们尽快地捕杀了猎物，不过当他们吃完猎物饮完水后，就开始认真地跟踪足迹了，这时候已经过去了将近三个小时。丛林的生物都知道，不管你急着去干什么，吃饭却不该匆忙。

莫格里问道："你认为那个有刺的东西会把他杀死吗？""苏说它就是死亡。"

巴希拉说："我们找到他以后就会明白的。"他正在低着头在赶路。"这足迹是独脚（意思是说，只有一个人），这件东西的重量已经使他的脚后跟深深压进了地里。"

莫格里回答说："嗨！这是明摆着的吗，就跟夏天的闪电一样。"于是他们重新跟着迹印迅速地追踪着，他们在黑影里绕出绕进，不时改变着方向。

莫格里说："现在他飞快地跑了起来。脚趾张得非常开。"他们走过一段潮湿的地面，"为什么他在这里拐了弯呢？"

巴希拉说："等一会！"他使劲往前一跃，跳得非常远。当你跟踪的痕迹变得不清楚的时候，首先就得朝前迈步，别让自己乱七八糟的足迹留在地上。巴希拉落地以后，迅速转过身对莫格里喊道："这儿有另一条足迹，是冲着这个人来的。这人脚板要小些，脚趾是朝里的。"

莫格里跑上去仔细看了看。他说。"这是一个冈德猎手的脚板，瞧！他拖着弓在草地上走了过去。这就是为什么第一条足迹这么快地拐了个弯。大脚板在躲小脚板。"

巴希拉说："对，我们最好别弄乱了痕迹，踩到了自己人的脚印上，我们还是每人跟踪一条脚印吧。我去跟踪大脚板，小兄弟，你去跟着小脚板，那个冈德人。"巴希拉跳回原来的足迹那里，留下莫格里弯身考察森林里野蛮矮人留下的奇特的狭小足迹。

巴希拉沿着一串脚印一步步地挪动着，"好啦，我，大脚板，在这里拐了弯。然后我躲在了一块岩石后头，死死地站住了，连脚也不敢挪动一下。小兄弟，把你的足迹说出来。"

"好，我，小脚板，已经来到岩石边了，"莫格里沿着痕迹跑了过去，"现在我在岩石下面倚在我的右手上坐了下来，我的弓放在我的脚趾中间。因为我在这里留下了很深的脚印，所以我在这里等了很久。"

巴希拉躲在石头后边说："我也一样，我等待着，把那个有刺的东西的尖头靠在了一块石头上。它滑了一下，因为石头上刮了一道痕迹。小兄弟，说说你的足迹吧。"

莫格里压低了嗓子说："这里有一根、两根小树枝和一根粗树干被折断了，喂，那条足迹我该怎么说呢？噢，现在明白了。我，小脚板，离开了这里，发出了声音，踩出了脚步声，好让大脚板听见我。"他一步一步在树丛中走着。他到了两条小小的瀑布旁边，他的声音从远方传来。"我……走得……远远的，我就……在这儿……等着。说说你的足迹吧，巴希拉，大脚板！"

巴希拉正在四下察看大脚板是怎样从岩石后边伸展开去的。然后他开口说："我拖着那根带尖刺的东西，跪着从岩石后边爬了出来。我看了看四下有没有人，就跑开了。大脚板，飞快地跑着，足迹非常清楚。我们跟着自己追踪的那条足迹去吧。我跑啦！"

巴希拉沿着大脚板的足印奔去，莫格里跟着那个冈德族人的足迹。丛林里寂静了片刻。

巴希拉喊道："小脚板，你在哪儿？"莫格里的声音从右边不远处回答了他。

豹子低沉地咳了一声说，"嗯！这两人是肩并肩地向前跑的，然后越来越接近了。"

他们又跑了半里路，中间一直保持着同样的距离，没过多久莫格里喊了起来，"他们碰头了！祝狩猎顺利——瞧！小脚板在这儿站过，他的膝盖靠在过这块岩石上，大脚板就在那儿呢！"

在他们前面9米多远，一个当地的村民躺在一堆高低起伏的岩石堆上，一支缀着小羽毛的冈德族长箭从他的后背直刺到前胸。

"你瞧，那个苏果真是老糊涂了，是疯了吗，小兄弟，现在至少已经死了一个了。"

"我们继续跟下去吧。可是，那个喝过象血的尖叉在哪儿？""也许是小脚板把它拿走了。现在只剩下一个人的足迹了。"地上有小脚板在肩上背着什么东西正在飞快地奔跑的足迹，沿着一块长着干草的岩坡延伸下去。在追踪者锐利的目光下，每一步足迹都非常清晰。

直到足迹把他们引到山涧一堆篝火的灰烬旁边，他们谁也没有开口。

巴希拉收住了脚步，仿佛变成了石头，僵硬地说道："又是一个！"

一个瘦小干瘪的冈德人的尸体躺在那里，脚伸进了火堆的灰烬里。巴希拉带着疑问地看看莫格里。

男孩子看了一眼说："那是用一根竹棍儿干的。我在'人群'里干活的时候，放牧水牛群时也使用过这样的东西。眼镜蛇的父亲很了解这个种族。我很抱歉我取笑过他我早就应该明白这一点。我不是说过吗？人们杀人完全是出于无聊。"

巴希拉回答道："他们其实是为了那些红色和蓝色的石头而在杀人。你要记住，我曾经在奥德普尔国王的兽笼里生活过。"

莫格里俯身看着灰烬说："一、二、三、四，四条足迹，四个穿鞋的人的足迹。他们不像冈德人走的那样快。唉，这个小个子樵夫干了什么对不起他们的事呀？瞧，他们在杀死他以前，五个人在一块儿谈过话，巴希拉，我们回去吧。我觉得这里很沉重。豹子说："丢下正在追逐的猎物，这种打猎习惯可不好。还是跟上去吧！这只穿鞋的脚走得不远。"他们整整一个钟头没有说过话，跟着那四个穿鞋的人宽宽的足迹。

巴希拉说："我嗅到了烟味。"这时已经是炎热的大白天了。

莫格里回答道："人们总是喜欢吃饭而不喜欢跑路。"这是一片长着低矮的灌木丛的地带。他们在这片灌木丛中一会儿穿出，一会儿又穿进。巴希拉走在略为靠左边的地方，不时地从他喉咙里发出了一种难以形容的声音。"这儿有一个人，他已经死了。"在一丛矮树下，仿佛有堆花花哨哨的衣服乱七八糟地堆在那里，四周还有些面粉撒在地上。

莫格里说："这是用竹棍儿干的。瞧，那白色的粉末是人们的食物。别人从这个人手里夺走了猎物——他本来是替他们背着食物的——但是他们把他作为猎物送给了鸢鹰契尔。"

巴希拉说："这是第三个了。"莫格里自言自语道，"我要给眼镜蛇的父亲送些又肥又大的青蛙，把他喂得胖胖的，那件喝象血的东西意味着死亡——可是我还是不太懂！"巴希拉说："跟踪上去吧！"他们还没有走出半里，就听见乌鸦阿科在一棵桎柳顶上高声唱着死亡之歌。树荫下躺着三个人！在他们中间，一堆即将熄灭的篝火冒着烟，火上有个铁盘子，盘子里面有块没发过酵的饼，已经烤焦了。那只象叉就躺在火堆旁边，在阳光下闪闪发光。

巴希拉说："这东西干起活来真快呀；他们都完蛋了。莫格里，苹訾冬是怎么死的？他们身上没有伤痕呀。"

生活在丛林的生物，是凭着经验辨别有毒的植物和果实的，他们跟许多医生一样多。莫格里嗅了嗅篝火上升起的烟气，然后掰开一小块发黑的饼，尝了一口，把它吐了出来。他呛咳着说道："死亡的苹果，刚才那个人一定是把它放进食物里给苹訾冬吃了，这几个人先一起杀了那个冈德人，后来又把他杀了。"

巴希拉说道："打猎的成绩真不错呀！一个猎物紧接着一个。"

丛林里的生物把毒苹果或者"达图拉"称作"死亡的苹果"，它是全印度药效最迅速的毒药。

豹子说："现在该怎么办？我和你是不是也该为了争夺那个杀人凶器而彼此残杀呢？"

莫格里低声说："它会说话吗？我扔掉它就不是冒犯了它吗？它是没法引诱我们做坏事的，因为我们不想要那些东西。我们要是把它留在这儿，它一定会继续一个接一个杀人，虽然我并不喜欢人，可是我也不愿让他们一晚上就死掉六个。"

巴希拉说："那有什么关系？他们只是人。他们自相残杀，我还觉得很满意，那第一个矮小的樵夫很会打猎呢。"

莫格里说："可是他们全都是些小崽仔；小崽仔们想去咬水里的月亮，结果自己却淹死了。这都是我的过错。"他那神气仿佛什么都懂了似的。"我以后再也不把新奇的东西带到丛林里来了。这玩意，他小心翼翼地掂起象叉说："得送到眼镜蛇父亲那里去，可是我们首先得睡觉，而且我们不能在这些长眠不醒的人旁边睡觉。还有，我们得把它埋起来，不然它就会跑掉，去杀死另外六个人。你帮我在那棵树下面挖一个洞。"

　　巴希拉往树那里挪动着身子说："可是小兄弟，我告诉你，这并不是那个喝血的东西的错。麻烦是出在那些人身上的。"莫格里说："全都是一回事。挖一个深一点的洞吧。等我睡醒以后再把它挖出来送回去。"两夜以后，白眼镜蛇正独自一人坐在黑暗的地窖里自怨自艾，他心里感到十分羞愧，因为他看守的宝物被抢走了。突然，那个镶着绿松石的象叉呼的一声穿过墙洞被扔了进来，砸在盛满金币的地上。莫格里小心翼翼地呆在墙的那一边说："眼镜蛇的父亲，你去找一个年轻力壮的同族，来帮你看守国王的宝藏吧，免得再有人活着离开这里。"老眼镜蛇喃喃地说："啊哈！它回来了。我说过这东西就是死亡。你怎么还活着呢？"他亲热地用身体裹住了象叉："我用赎买我的那头公牛起誓，我也不知道为什么！这东西一晚上杀了六个人。再也别放它出去了。"

在丛林里

　　独生子躺下了，他做了一个梦。随着一声哑响，炉火即将熄灭，火光四溅，最后一个灰烬落了下来。独生子又醒了，他在黑暗中喊道："我曾经躺在母亲的怀里吗？因为，我梦见我曾经躺在一张毛茸茸的皮上。我是女人生的吗？我曾经躺在父亲的手臂上吗？因为我梦见白花花的长牙齿保护着我的安全。我是女人生的吗？我曾经独自玩耍过吗？因为我梦见了一对游伴，他们一口咬穿到我的骨头。我是女人生的吗？我是不是掰过大麦面包，把它泡在凝乳里？"

　　还有一个小时，还有一个小时月亮就会升起……可是我能清清楚楚地看见那黑色的房梁，就好像在正午时分一样！离这儿一里多远，是连纳瀑布，一群群大麋鹿在那儿聚集，我能听见小鹿在咩咩叫，它就躲在那母鹿身后！庄稼地和山坡在那儿汇合，可是我能嗅到在小麦丛里低语的温暖潮湿的和风。

　　在印度政府运转的公用事业里面，没有一个部门比森林部更为重要。重新绿化全印度的事业全都掌握在它的手里。或者不如说，等到政府有了足够的经费以后，这番事业就要全靠它来完成了。森林部的职员们跟那些到处游荡的沙流和不断移动的沙丘作斗争，在它们的两边拦上篱笆，正面修起堤坝，然而沙丘上头则根据生态法则，压上粗劣稀疏的杂草和长成了细长条的松树。他们要为那些光秃秃的山坡负责，也要为喜马拉雅山国家森林里的所有木材负责，但一到雨季它们就会被冲刷成干涸的溪谷和令人痛心的深涧；每个职员都大声疾呼地谴责着漠不关心的现象，直到喊得声嘶力竭为止。他们大量引进了外国的树种来做试验，想哄桉树在这里生根，盼望它能治好运河区的热病。在平原上，他们的职责就是保护森林保护区的环形防火线，使之畅通无阻，以便当牲畜挨饿的时候，旱季到来的时候，容许村民去拾些柴火，也向村民的畜群开放禁伐区。他们修剪树梢，伐去树杈，在一条不用烧煤的铁路线上积攒下了堆积如山的燃料，来供铁路使用；他们仔细地计算过他们种植园的盈利。他们是缅甸东部丛林的橡胶树、巨大的柚木森林和南方五倍子果树的医生和产婆；他们永远由于缺乏资金而陷于困窘中。既然林务官常常要因公出差到很远的地方，他就会变得很聪明很世故，而且他不仅仅只是知道一些森林的歌谣传说而已；他还学会了识别人；他会碰上豹子、野狗、老虎、熊和鹿。他把大量的时间花费在马鞍上和帐篷里——他是新栽下的树苗的朋友，他和粗野的森林看守人和多毛的猎人成了一个队伍——直到树林报答了他的操劳，反过来又在他的身上打下了他们的印记，于是他不再唱从南锡学来的轻佻的法国歌曲，而是和矮树丛里那些沉默的生物一样，变得沉默起来。

　　森林部的吉斯博恩在英国驻印度的行政部门里已经工作四年了。起初他对这种生活并不理解，但却非常喜欢它，因为这种生活能使他经常骑马外出，并且还给予他一些权力。后来他却疯狂地仇恨起这种生活来了，他甚至愿意拿出一年的工资来享受一个月印度所能提供的社交生活。等他度过这一段危机之后，森林又把他吸引了回去，他也满足于为森林卖力了！注视着他新开辟的种植园在老树丛中展现出一片雾般的新绿；疏通了堵塞的小溪；当森林埋进了又高又深的蒺藜草中间，快要死掉的时候，他就回来，把森林最后的斗争继续进行下去。在一个平静的日子里，那些蒺藜草圈都被烧掉了。在里面做窝的上百头野兽，一起从苍白的火焰里冲了出去。从这次以后，森林就慢慢地向前伸展了。吉斯博恩站在一边，瞧着这些在烧黑的土地上长起的一排排整齐的树苗，不禁觉得心满意足。他住的是一幢坐落在大森林尽头的平房。它只有两间居室，屋顶是茅草铺的，墙壁是白色的。他从来不想开辟一块菜园子，因为森林侵犯到了他的法国东部的工业城市南锡。门口，紧挨着房子前面就是一丛竹林，他在游廊上上了马以后，一步就可以跨进森林的心脏，门口根本不需要修建马车道什么的。

当他在家里的时候，他的那个肥胖的穆斯林男仆阿布杜尔·加福尔就会给他做饭吃。在其余的时间加福尔就和他的那些土著仆人闲聊。那里住着两名马夫，一名挑水夫，一名清扫夫，还有一名厨子，这就是吉斯博恩的全体仆人！吉斯博恩自己收拾他的枪支，他没有养狗。因为狗会惊走猎物的。而吉斯博恩最得意的是，他能说出他的王国的臣民们在黎明前会在什么地方吃食，在月亮升起的时候会到什么地方去饮水，在炎热的白天里它们又会在哪里躺下休息。看林人和护林警察全都住在森林里面很远的小屋里，他们只是在被一棵倒下的树压伤或者被一头野兽咬伤时才到这里来。因此吉斯博恩总是独自一人呆在森林里。

到了春天，森林里会长出几片稀稀拉拉的嫩叶，然而森林里到处都是干旱，都在等待着雨水的降临。森林并没有因为新的一年到来而有所改变。只不过，在寂静的夜晚，黑暗里会传来更多的叫唤声和怒吼声；其中有高傲的公鹿呦呦的吼叫声，有一头老野猪不停地在树干上磨他的獠牙时发出的伐木般的声音，还有老虎们为争夺霸权进行战斗的骚乱声。这时吉斯博恩就会索性收拾起他很少使用的枪，因为他觉得杀害生灵是犯罪的。到了夏天，在暑气灼人的五月高温里，森林仿佛在雾气里旋转一样，这时吉斯博恩就会特别注意监视刚刚升起的一缕黑烟，因为它表示有个地方发生了森林火灾。接着，雨季呼啸而来，温暖的水雾淹没了，巨大的雨点整夜打在树叶上，叮叮咚咚，直到天明。这时只听见哗哗的流水声，绿色植物被风吹得噼啪直响。而闪电在浓密枝叶后面织出种种花纹，一直到雨过天晴，阳光重新照耀大地后，森林才再一次将自己雾气腾腾的灼热身躯迎向洗刷得一尘不染的天空。然后，接踵而来的暑热和干冷的天气又把一切染成了老虎身上的花斑色一样。就这样吉斯博恩学会了识别他的森林，这使他感到十分幸福。他的工资每月送来。那些纸币就堆在他放家信和换轮胎工具的抽屉里，越积越多。他很少花钱，他要是取出一些来，不是为了到加尔各答植物园去买点什么，就是为了付给某个看林人寡妇一笔钱，而印度政府是决不会为了她丈夫的死而批准付给她这笔款子的。

虽然薪金是丰厚的，但是有时也是必须进行惩罚的。许多天以前的一个晚上，有个上气不接下气的信使前来向他报信，说有个脑袋被打的像个鸡蛋壳似的森林警察死在了坎叶河边。黎明时分吉斯博恩出发去寻找凶手。大家都知道，只有旅游者喜欢打猎，偶尔还有些年轻的兵士。因为森林部的职员们都把打猎当作毫不稀奇的平常事，从来没有人把它当回事过。吉斯博恩步行到了案发地点：被害者的寡妇正在尸体旁边嚎哭，尸体放在了一张床板上，有二、三个人正在察看着旁边湿地上的脚印。一个人说："这是红家伙干的，我知道他总有一天会杀人的，但是他有足够的猎物呀。这肯定是他在故意捣蛋。"

吉斯博恩说，"红家伙，就埋伏在那些娑罗双树后面的岩石堆里。"他知道大家怀疑的是那只老虎。

"先生，他现在不在那儿了，现在不在了。他现在一定是在跑来跑去，到处转悠呢。俗话说，头次杀人总是要连杀三个。人的鲜血会使他们发狂的。也许我们说话的时候，他正在我们背后呢。"另一个人说："他也许到附近那间茅屋那里去了，那间茅屋离这儿只有四'柯斯'远，瓦拉，这是谁呀？"

吉斯博恩跟大家一块转过了脸来。这时有个人正从干涸的河床上走来，他全身赤裸，只在腰间缠了块布，头上戴了一束花环，他无声无息地踩着小鹅卵石走过来，连习惯了猎人轻柔脚步的吉斯博恩也大吃了一惊。他没有打招呼，就开口说了起来："那只咬死人的老虎，已经饮过水了，他现在在小山那边的一块岩石下面睡着了。"跟当地人说话时稍带哼哼的腔调完全不同，他的声音非常悦耳，清脆得像铃声一般。当他仰起脸来面对着阳光时，简直像是一位在森林里迷了路的天使。那个寡妇在尸体边停止了哭泣，瞪大了眼睛看着这个陌生人，然后更加起劲地哭了起来。

他直率地问道："需要我给先生带路吗？"

吉斯博恩开口说道："假如你敢肯定……"

"当然敢肯定了！我在一小时前还见过它呢？——那狗家伙。它还没到吃人肉的岁数呢。在他那邪恶的脑袋里还长着十二颗上好的牙齿。"

那些跪着察看脚印的人因为害怕悄悄地溜走了。吉斯博恩要他们一块去。年轻人淡淡地笑了。

他喊道："来吧，先生。"接着便转过身，带头走在他的同伴前面。

那个白人说道："别那么快。我跟不上，等一下。我从来没有见过你。"

"我最近才到这块森林里来，很有可能是这样的。"

"那是从哪个村庄来的？"

他摊开双手说道："我不属于哪个村庄。我是从那边来的。"然后指了指北方。"那么，你是吉卜赛人吗？"

"先生，不，我是个没有种姓的人，而且，我连父亲也没有。"

"你叫什么名字？"

"先生，我叫莫格里，请问先生叫什么名字？"

"我是这片森林的总监，我叫吉斯博恩。"

"怎么？难道他们要给这儿的树和草都编上号码吗？"

"对的！不然有些吉卜赛流浪汉会把它们放火烧掉的。"

"我！不论给我多大好处，我也绝对不会伤害丛林里的一根草。因为丛林就是我的家。"

他带着迷人的微笑，转脸朝着吉斯博恩，举起了一只手表示警告。

"好了，先生，我们得稍稍安静一点前进了。虽说这狗睡得很死，但我们也不用惊醒它。最好还是让我一人往前走，把他赶到先生这儿来吧。"

吉斯博恩被这人的大胆放肆吓坏了，这样说道："真主安拉！从什么时候开始，老虎居然被像牲口一样赤身裸体的人赶来赶去的？"他又一次淡淡地笑了笑。"不同意吗，那么，跟我来吧，你就照你自己的方式来吧，用那支英国式的大来复枪打死它吧。"

吉斯博恩紧跟着向导的足迹，低着头，弯着腰，拐弯抹角地匍匐前进着。总之，他受够了追踪猎物时的辛苦。最后，当莫格里叫他抬起头来，趴在岩石后面窥视的时候，他的脸已经涨得通红，遍身都被汗湿透了。那只老虎伸展开了四肢，舒舒服服地躺在水塘边，一次又一次地把一只巨大的虎肘和前掌舔个了干净。这只虎已经老了，虽然牙齿发黄，身上毛皮乱糟糟的，可是在四周的环境和阳光衬托下，它仍然显得很是威风。

对付这种吃人的老虎，吉斯博恩是一点也不讲什么虚伪的狩猎道德的。这家伙是害人虫，必须尽快地杀死它。他歇了一会，等到缓过气来，便把来复枪架在了岩石上，吹了一声口哨。那只老虎的头慢慢地转了过来，离来复枪不到二十米，吉斯博恩不慌不忙地射出了他的子弹，一发射进了老虎的肩胛，另一发打在了它的眼睛下面。在这么近的距离，老虎骨骼是挡不住穿透力很强的子弹的。

"好啦，反正这张皮是不值得保留下来的。"烟雾散开了，那只垂死的野兽正又踢腿又喘气地折腾着。

莫格里沉着地说道："这只狗也死得真像只狗，那堆臭肉上确实没什么值得留下的。"吉斯博恩问道："还有胡须呢。难道你不要胡须吗？"他很了解，守林人都非常看重这种东西。

"我吗？难道我是个喜欢摆弄老虎嘴巴的人？让他躺在那里吧，不过多久他的朋友们就会到场的。"

就在吉斯博恩取出空子弹壳并且擦把脸的工夫，一只鸢鹰降了下来，在他们头顶上发出了尖利的呼啸声。

他说："如果你不是猎人，那么你又是从哪里学会这些关于老虎的事情的呢？没有一个追踪的人比你干得更出色。"莫格里简短地说道："我恨所有的老虎，先生，把枪交给我背吧。哈，这是支非常好的枪啊。先生现在想到什么地方去呢？""要回我的住宅去。"

"我可以去吗？我还从来没有进过一个白人的屋子看过呢。"

吉斯博恩回到了他的平房。莫格里在他前面无声无息地迈着大步走着，他的棕色皮肤在阳光下闪闪发着亮。

他好奇地看着游廊和放在那儿的两把椅子，不放心地摸了摸裂了缝的竹帘子，然后他一面注意着背后，一面走进了屋子。吉斯博恩随手放了下一扇竹帘，好挡住阳光。竹帘落下时"咣"的一下发出了响声，莫格里就迅速地跳开了，只是在一瞬间他已经站在屋子外面，胸脯不停地起伏着。

他急促地说："这是个陷阱吧。"

吉斯博恩笑了："白人是不会对别人设陷阱的。你的确是丛林里来的啊！"莫格里说："我明白了，它没有机关，也没有陷坑。我……我以前从来没有见过这类东西。"

他踮着脚尖进了屋子，睁大了眼睛端详着两间屋子里的一切摆设。正在摆放午餐餐具的阿布杜尔·加福尔极端厌恶地瞧着他。

莫格里咧开嘴笑着说："你们吃一顿饭要费这么多事，吃完了又要费那么多事，躺下睡觉吧！我们在丛林里就省事得多啊，真美呀。这里有这么多贵重的东西。先生难道你不怕别人来抢劫你吗？我从来没有见过这么多迷人的东西。"他正在注视着一个蒙满了灰尘的贝纳列斯铜盘，它是放在印度东北部的贝纳列斯，即瓦腊纳西市的。

阿布杜尔·加福尔哗啦一声把一个盘子放下，说道："只有丛林里来的小偷才会抢劫这儿的东西。"莫格里睁大了眼睛，盯着这个白胡子的穆斯林教徒。

他乐呵呵地反击道，"在我的家乡，要是一头山羊咩咩叫得太响了，我们就会割断它的喉咙的，不过你不用害怕。我就要走了。"

他转过身，消失在森林中。吉斯博恩目送着他，乐呵呵地笑了，不过没过多久，笑声就变成了一声轻叹。这位林务官除了日常公务以外，没有多少事物能引起他的兴趣。而这个非常了解老虎的丛林之子，本来是可以给他提供一些消遣的。

吉斯博恩想道："他真是个了不起的家伙啊，他就像古典文学辞典里的插图一样。我真希望我能让他当个扛枪手。独自打猎真没意思啊，这家伙可以成为一个最完美的猎手。我倒真奇怪他到底是什么样的人。"

傍晚，满天星斗，他坐在游廊上抽着烟，心里还在纳闷。一缕轻烟从他的烟斗里袅袅升起。当烟雾散开以后，他惊奇地发现莫格里正叉着手臂坐在游廊边上。就是鬼魂也没法比他更悄无声息。吉斯博恩吃了一惊，烟斗落在了地上。

莫格里说："我在森林里没有人可以谈话，所以，我就到这里来了。"他拾起了烟斗，递还给了吉斯博恩。

吉斯博恩说："噢。"停了好久，他问道："森林里有什么新闻吗？你又发现了一只老虎吗？""大羚羊换了牧场，它们每逢新月出来的时候总是这么做的。现在猪群因为不肯跟大羚羊在一块吃食所以都到坎叶河附近去觅食了，结果猪群里有头母猪被一只藏在上游河边深草丛里的豹子捕杀了。除此以外，我就没有什么别的新闻了。"吉斯博恩向前低下身去，注视着他那在星光下闪烁的眼睛说道："你怎么会知道所有这些事的呢？"

"我怎么会不知道？大羚羊有他自己的生活习惯，而猪群是不愿意跟大羚羊一块吃食的，这是连小娃娃也知道的。"

吉斯博恩说："可是我偏偏不知道这些。"

　　他对吉斯博恩微微一笑："唉！唉！你可是掌管着一草屋里的人啊，竟然对我这么说，——掌管着这片森林啊。"吉斯博恩被笑声惹恼了，反驳说："随口胡说，编些哄孩子的故事是很容易的，你随意地说什么森林里发生了这样、那样的事。反正没有人能反驳你。"

　　莫格里丝毫不动声色地回答道："关于那头被咬死的母猪，明天我就可以带你去看看它的骨头，至于那些大羚羊，只要先生安安静静地坐在这儿，我可以去赶一头来，只要先生仔细听听声音，就可以听出那头羚羊是从哪个方向来的。"吉斯博恩说："莫格里，难道丛林把你弄疯了吗，你说你能赶来一头大羚羊？"

　　"可是——你静静地坐着等一等吧，我去了。"吉斯博恩说道："天哪，这人简直是个鬼魂！"因为莫格里已经消失在黑暗中了，一点也没有弄出声音。群星发出闪烁不定的微光，森林是那么寂静。阿布杜尔·加福尔在厨房里正弄得盘子叮叮直响。吉斯博恩喊道："别闹了！"然后像一个习惯于森林寂静的人那样，静下心来倾听。在他孤独的生活中，他为了保持住自己的自尊心，每天总是穿上晚礼服去进晚餐。这时，那硬挺的白衬衫前胸随着他有规律的呼吸声吱吱嘎嘎地响了起来，他侧了一下身子，响声才止住了，接着，他的烟斗离得烟草便开始呜呜地响了起来，于是，他就把烟斗扔掉了。现在，除了森林里的夜风，一切都哑然寂静下来。

　　从难以想象的距离外，传来了一声狼嚎的低微回声，回声被拉得长长的。接着又是寂静。仿佛已经寂静了好几个小时。最后，吉斯博恩听见远处矮树丛中仿佛发出了碰撞的声音。他？他怀疑自己听错了，但声音又响了起来，接着又响了一次。

　　他喃喃说道："那是在西边，那儿正在发生着什么事情。"声音越来越响——碰撞，再碰撞，横冲直撞——伴随着一头被紧紧追逼的大羚羊沉重的哼哼声，它惊惶恐惧地飞奔了起来，根本没有注意它跑到了什么地方来。

一条黑影从树干中间冲了出来，转了回去，又哼哼着回过身来，蹄子在光秃的泥地上敲得非常地响，一头公羚羊几乎冲到了他的手够得着的地方。公羚羊遍身都被露水打湿了，它隆起的肩头上挂着一根被撕扯下来的藤蔓，屋里射出的灯光照得它的眼睛闪闪发亮。这头羚羊一看见人，就止住了脚步，沿着森林边缘逃开了，直到消失在黑暗里。在吉斯博恩头脑里出现的第一个想法是，把森林里巨大的蓝色公羚羊拖出来供人参观，而夜晚本来是应该完全属于它的——让它在夜晚里这样奔跑，实在太不应该了。

当他站在那里瞧着的时候，耳边有个娓娓动听的声音说道：

"它是从水源那儿来的，它在那里率领着一群羚羊。先生现在相信我了吧？还要不要我把那群羚羊一个个地赶来让你数一数呢？"莫格里重新在游廊上坐了下来，呼吸有点儿急促。吉斯博恩惊奇得张大了嘴，注视着他，问道："你是怎么成功的？"

"先生已经看见了。这头公羚羊是像赶一头水牛那样被赶来的，哈！哈！等它回到羚羊群里，它一定会对他们讲一个了不起的故事。对我来说，这可是新的一招呢。那么你能够跑得跟大羚羊一样快啰？"

"先生刚才不是已经看见了吗？不论什么时候，如果先生想知道猎物的活动情况的话，我莫格里就在这里。这是一片很好的森林。我打算留下来了。"

"你想留下的话，那么你就留下吧。不论什么时候，你需要一顿饭的话，我的仆人会给你准备的。"

莫格里马上回答道："好的。说真的，我很喜欢吃煮熟的食物。我跟别人不一样，不爱吃烤的食物。我一定会来吃饭的。至于我嘛，我答应先生，你晚上可以平安地睡在自己的屋子里，没有一个贼能破门进来偷走你的钱财。"

莫格里说完就立刻走开了。吉斯博恩抽着烟，坐了很久，他考虑的结果是：他终于找到了他寻找的理想的看林人和森林警察，这个人就是莫格里。

"我得想办法让政府雇他做职员。一个能驱赶大羚羊的人一定比五十个普通人更加了解森林。他是个奇迹——不过，只要他能够在一个地方待下去的话，他一定得担任森林警察。"吉斯博恩说道。

阿布杜尔·加福尔对莫格里的看法可没那么好。他在睡觉时对吉斯博恩推心置腹地说，没有一个人是知道这个陌生人是从什么地方钻出来的，他很可能是个惯偷。吉斯博恩笑了，叫他回自己的屋里去。阿布杜尔·加福尔嘟嘟囔囔地退了下去。那天夜里，他爬起床来，把他 13 岁的女儿揍了一顿。没有人知道他为何要揍女儿，但是吉斯博恩听见了哭声。

在后来的那些天里，莫格里像个影子一样独来独往。他在平房旁边住了下来。不过，他安家的地方是在森林的边缘上。每当吉斯博恩出来呼吸清新空气时，往往会看见他的脑袋低低地埋在膝盖上，坐在月光下面，或者是像某些夜间活动的动物一样紧紧躺在一根伸出的树干上。有时莫格里会从树上向他送来一声问候，并且请他放心睡觉，有时还会爬下来，为他编造出许多神奇的故事，给他讲述森林里各种动物的生活方式。

有一次他溜进了马厩。阿布杜尔·加福尔尖酸刻薄地说："这件事非常明确地证明了，他总有一天是会偷走一匹马的。既然他住在这幢房屋附近，为什么不肯找一件老老实实的差事干呢？偏偏什么也不干，一定要到处游荡，弄得一些傻瓜晕头晕脑，害得那些笨家伙张着大嘴，把他的蠢话全吞了下去。"因此阿布杜尔·加福尔一见到莫格里就很粗暴地命令他干这干那。而莫格里总是毫不在乎地笑着听从着他的指挥。

阿布杜尔·加福尔说："他是没有种姓的，老爷，他什么事情都干得出来。你可要小心，别让他干得太过火呀。蛇总归是蛇，丛林里的吉卜赛流浪汉到死也是贼啊。"

吉斯博恩说："好了，住嘴吧。只要你不弄出太大的声音，我就允许你管教你自己家的人。因为我了解你们的习惯和方式。可是，你并不了解我的习惯。"

阿布杜尔·加福尔说："有点疯病，确实不错，我们等着瞧吧，看以后会出什么事。"

几天以后，吉斯博恩因公要到森林里去三天。由于阿布杜尔·加福尔人老了，又长得肥胖，就被留在家里。每到这种时刻，他总是不满足于躺在看林人的小屋里睡大觉，他更喜欢以他主人的名义，向一人征收谷物、食油和牛奶。这天天刚刚亮，吉斯博恩就骑马离开了住处。这天他有点闷闷不乐，因为那个林中人没在游廊上等着他。他喜欢这个小伙子，喜欢他的力气、敏捷和静悄悄的脚步声，以及他常常挂在脸上的坦率的微笑；喜欢他对于一切礼节和恭维话，以及他讲的关于猎物们正在森林里做什么的故事。他在树丛里骑马前进了一个小时以后，听见背后有点响动。接着，莫格里快步出现在他的马镫旁边。

吉斯博恩说："我们大概得干三天的活，在那些新栽的树苗那儿。"

莫格里说："好的，保护树苗总是有好处的。只要野兽们不糟蹋，它们就会长成一片绿荫。我们得让那些猪群挪挪地方。"吉斯博恩微笑着问道："又要他们挪地方？怎么个挪法？"

"哦，昨晚他们在那些娑罗双树的树苗中间挖呀刨呀的，闹个没完，我就把他们赶跑了。所以今天早上我没到游廊那里去。这些猪根本不应该闯到森林这边来的。我们得让他们呆在坎叶河口的下游那边。"

"假如有人能够放天上的云，他也许就能赶走那群猪；不过，莫格里，你说过你在森林里当过牧人，不是为了金钱，也不是为了工资……"

莫格里迅速地抬起头来说道："这是先生的森林呀。"吉斯博恩点点头表示领他的情，接下去说道："如果你愿意领工资为政府工作，那不是更好吗？工作了一定年限之后，还可以拿到一笔养老金。"

莫格里说："我也想过这件事，但是守林人全都住在关紧了门的小屋里，我觉得那里太像陷阱了。不过，我会考虑看看的……"

"好好考虑一下吧，考虑好了就告诉我。那我们就在这儿吃早饭吧。"

吉斯博恩下了马，从家制的马鞍袋里取出了早饭，这时在森林已经是炎热的白天了。莫格里在他身边躺下，注视着天空。

过了一会儿，他懒洋洋地低声说道："先生，今天你有没有下命令让仆人把那匹白色的母马牵出去？"

"没有啊，那匹马又肥胖又老，而且腿还有点跛。你问它做什么呢？"

"现在正有人骑着它，而且骑的速度还挺快的，他们已经走上通到铁路线去的那条大路了。"

"呸，那条路是在两'柯斯'外呢。"莫格里抬起前臂，挡住了射进眼睛的阳光。

"那条路是从平房那里穿出去的，然后拐了一个大弯。要是按照鸢鹰的飞法，顶多只有一'柯斯'远；而且，声音是随着鸟儿来的。我们去看一下，好吗？"

"胡说八道！在这么毒的太阳底下能跑一'柯斯'的路，难道就是为了去察看森林里发出的一点声音吗？"

"不，那匹马是先生的马。我只是想把它带到这儿来。如果那匹马不是先生的，我就会让它走开的。如果是先生的马，先生可以按自己的意思来处理它。确实是有人在骑着它拼命地跑呢。"

"疯家伙，你用什么办法把它带到这里来呢？"

"先生忘了吗？就是用赶大羚羊那样的办法啊。"

"既然你有这么大的兴趣那就跑吧。"

"噢，我才不跑呢！"他举起手叫吉斯博恩不要出声，然后，他自己仍然仰天躺在地上，嘴里接连发出了三声高亢的从喉咙深处发出的叫声，吉斯博恩从没有听见过这种声音。莫格里呼唤过后说道："它会来的，"我们到树荫下去等着吧。"莫格里在清晨的寂静里打起了盹来，长长的眼睫毛遮住了那双充满野性的眼睛。吉斯博恩耐心地等待着：莫格里肯定是疯了，然而他却是这个孤独的林务官最能消遣解闷的伙伴。

莫格里闭着眼睛懒懒地说："嗬！嗬！他跌下马了。好几匹母马先到了，然后那个人才到。"过了一会，他们就听见了吉斯博恩骑的那匹矮种公马发出了嘶叫声，莫格里打了个呵欠。三分钟以后，吉斯博恩骑的马飞奔进了他们坐的那片林中空地，一下子就跑到它的公马伙伴身边。

莫格里说："它还不太热，不过在这样炎热的天气里，是很容易出汗的。过一会儿我们就会看见那个骑马的人了，因为人总是会比马走得慢些——尤其当这个人是个老胖子的时候。"

吉斯博恩跳起身来喊道："真主啊！这是魔鬼干的事?"因为他听见了从丛林里传来一声狂叫。

"先生，不用担心，他是不会受到伤害的。他也一定会说这是魔鬼干的事。啊！听吧！那是谁?"

那是发了狂的阿布杜尔·加福尔的声音。他在呼吁某个不可知的生灵看在他的白头发份上饶了他。他呼天抢地地号叫道："不行了，我一步也走不动了，我已经老了，头帕也丢了。哎哟！哎哟！好的，我走。我一定会快快地走的。我跑！啊，深渊里的魔鬼，我是个穆斯林教徒啊！"

树丛分开了，从里面钻出了阿布杜尔·加福尔的脑袋。他的头帕丢了，鞋子也没了，围腰布也散开了；他脸色涨得通红，只有两只握得紧紧的拳头里尽是泥巴和草根。他一眼看见吉斯博恩，就重新嚎叫起来。他筋疲力尽，浑身颤抖，扑倒在主人脚下。莫格里脸上挂着甜丝丝的微笑，注视着他。

吉斯博恩严厉地说："这可不是开玩笑的，这人可能会死掉的，莫格里。"

"他不会死的，他只是害怕罢了，本来他是完全可以走着来的！"

阿布杜尔·加福尔呻吟着站了起来，他的四肢都在颤抖。

　　他呜咽着，伸手在胸前摸索着："这是巫术——是巫术，是魔鬼的法术！我犯了罪，所以魔鬼们在森林里把我鞭打了出来。一切都完了。我悔罪。先生！拿去吧，"他递过去一卷肮脏的纸头。

　　吉斯博恩说道："这是怎么回事，阿布杜尔·加福尔？"其实他已经明白对方要说些什么了。

　　"钞票全在这里，把我关进监牢吧，可是最好把我关得严实些，别让那些魔鬼也跟了进来。我吃着先生的饭，但是做了对不起先生的事，要不是那些该死的林中恶魔，我本来是可以跑到远远的，买些土地，安安静静地过一辈子的。"他在绝望和痛苦中把头朝地上撞。吉斯博恩手里拿着那卷钞票翻来覆去地察看着：这是跟家信和换轮胎的工具放在一块的最近九个月发给他的拖欠的薪金总数。莫格里注视着阿布杜尔·加福尔，无声无息地笑着。管家闷闷不乐地说道，"不用让我上马了。我就跟在先生后面慢慢地走回家去，然后你可以派人把我送到监牢去。政府会对犯这类罪的人要判好多年徒刑的。"

　　森林的孤寂生活使得人们对许多事物都有了不同的看法。吉斯博恩盯着阿布杜尔·加福尔，想起了他曾经是个好佣人。再说再请一个管家，又得从头教会他家里的种种事情。而且，无论怎么说，总是要增加一副陌生面孔的。

　　他说道："听着，阿布杜尔·加福尔，你犯了非常严重的过失，你丢了我的脸，让我的名誉扫地了。不过我认为你只是一念之差犯的错。"

　　"真主！我从来没想过要拿走这些钞票。当我看着它们的时候，是恶魔扼住了我的喉咙啊。"

　　"你这么说我也相信。现在你回到我的住宅去吧，等我回家以后，我就派人把这些钱存到银行里去，事情就这样了结了吧。让你去坐牢，你太老了。而且你的家人是无辜的。"

　　阿布杜尔·加福尔一时说不出话来，只是冲着吉斯博恩的牛皮马靴大声呜咽着。

他大口地吞咽着眼泪，说着："那么你不会解雇我了吗？"

"那就要看你以后的表现情况了。骑上母马，慢慢骑回家去。"

"可是魔鬼怎么办！森林里到处都有魔鬼。"

莫格里说："大伯，没关系的。除非他们拒绝执行先生的命令，不然他们是不会再来伤害你的。""要是那样，他们也许会把你赶回家，就像赶大羚羊那样。"

阿布杜尔·加福尔一面缠着束腰布，一面瞪着莫格里，愕然地张大了嘴巴。

"他们是他的魔鬼？是他的魔鬼！本来我还想回去以后把这些过错都推到巫师身上呢！""先生，这想法蛮不错呀；不过在我们设下陷阱以前，得先看看落进去的猎物会有多大。其实，我只不过是以为有个人拿了先生的一匹马。我还不知道你还打算在先生面前把我说成是贼，我要是知道的话，我的魔鬼就会拖着你的腿，把你拉到这里来的。不过，现在这么干也还不晚。"

莫格里询问地望着吉斯博恩，但是阿布杜尔·加福尔已经一瘸一拐地匆忙凑到白色母马身边，爬上马背逃跑了。

莫格里说："干得不！不过，他要是不抓紧马鬃，还是会再跌下马的。"

吉斯博恩有点严厉地说："好了，现在你该告诉我这是怎么回事了。他说什么'你的魔鬼'，这是什么意思啊？人怎么能像牲口一样被赶着在森林里来回跑呢？赶快回答我。"

"先生是因为我帮你找回来了钱，所以生我的气了吗？"

"不是这个，这里面有些地方是你在玩花样，我不喜欢这个。"

"很好。只要我站起来再往森林里走三步，那么连先生在内的任何人，都没法找到我了，除非我自己愿意走出来。我不愿意走出来，同样的，我也不愿意讲出来。先生，所以请你稍稍忍耐一下，总有一天，我会让你看到这一切的。因为，只要你愿意，我们总有一天会一块儿去驱赶公鹿的。这件事我一点也没有耍花招，只不过，……我熟悉森林，就像人们熟悉他们的家一样。"

莫格里的态度就像是在对一个不耐烦的孩子说话一样。吉斯博恩停了觉得既为难，又感到疑惑不解，同时还很恼怒。但他什么也没有说，只是眼盯着地思索着。等他抬起头来，林中人已经去了。

从树丛后面传来一个平静的声音，"朋友之间闹意见，不是一件好事。先生，晚上再见吧，等到天气凉快下来的时候再见吧。"

吉斯博恩就这样被独自扔在了森林深处，他先是咒骂，后来大笑了起来，骑上矮种公马继续前进。他探访了一家看林人的小屋，再巡视了两个新的种植场，下令烧掉了一块干草地，然后出发到他早已相中了的、一块离坎叶河岸不远的、乱石嶙峋的岩坡宿营地去了。当他来到休息地时已是傍晚了，森林里那静悄悄的捕猎夜生活已经开始了。

小山上闪烁着一堆篝火的火焰，风儿送来了一阵喷香的晚饭气味。

吉斯博恩说："嗯，"不论怎么说，这也比吃冷肉强。唯一会跑到这儿来的人，只可能是穆勒了。可是别人还以为他正在视察钱格曼加森林呢。也许着正是他为什么要跑到这块森林里来的缘故。"

那个高大的德国人是印度的森林部长，是整个从缅甸到孟买的森林总监，他常常不打招呼就从一个地方飞到另一个地方，而且总是出现在人最没有料到的地方。他的理论是这样的：突然察访，发现缺点，对下属进行口头批评，要比一系列缓慢的通讯联络好得多。他解释说："假如我像个荷兰叔叔那样跟我的小伙子们谈话，他们就会说：'那只不过是该死的老穆勒罢了'，下次他们就会干得好些。但是，如果我的那个笨办事员写些'总监穆勒对此无法解释而且很不满意'之类的话，就会一点好处也没有的。首先因为我并不在场，其次，因为将来接替我的那个傻瓜到职以后，也许就会对我那些优秀的小伙子们说，'瞧，你们挨过我前任的骂。'你要知道，用官衔压人是没法使树木长起来的。"

黑暗里传来了穆勒深沉的嗓音，他正弯腰站在他心爱的厨子背后。"你这无赖，别放那么多酱油。辣酱油是调料，不是汤。哦，吉斯博恩，你正好赶上了一顿非常糟的晚饭。你的帐篷在哪里呢？"他上前去和吉斯博恩握了握手。吉斯博恩说道："我自己就是帐篷，先生，我不知道你在这一带。"

穆勒看了看年轻人整洁的外表。"好的！非常好！一匹马，一点干粮。我年轻的时候也是这样宿营的。好，你和我一块吃晚饭吧。上个月我到总部去交报告。我只写好了报告的一半——嗬！嗬！——另外一半交给我的办事员写了，我自己就出来溜达了。政府对那样的报告可恼火了。我就是这样告诉西姆拉总督的。"

吉斯博恩抿着嘴轻声笑了，他记起了许多穆勒和最高政府之间的冲突。他是所有办公室职员公认的自由思想者。作为一位林务官，没人比他更为出色。

"吉斯博恩，如果我发现你不是骑马巡视种植园，而是在你的平房里坐着向我炮制关于种植园的报告，我就要把你调到比卡内尔沙漠中心，去绿化它。我极其讨厌报告和公文，它害得我们没法做自己的工作。"

"先生，我和你一样恨它们，我是不会干浪费时间的什么年度报告的。"

谈到这里，话题转到了业务问题。穆勒想要提些问题，同时还要给吉斯博恩下达一些命令和指示，他们一直谈到了晚饭端来为止。这顿饭算是吉斯博恩这几个月以来吃的最文明的一顿饭了。不论生活用品供应点离得多远，它们都无法妨碍穆勒厨师的工作；餐桌上，第一道菜是辣子烤淡水鱼，最后则以咖啡和法国白兰地作为结束。

"哈！"饭后，穆勒点上了一支方头雪茄烟，满意地松了口气，往后靠近了他那张破旧的轻便折椅里。"我写报告的时候是自由的思想者，但是到了这儿，在丛林里，我可是个大大的基督教徒啊：同时我又是个异教徒。"他舒舒服服地让雪茄烟头在舌头底下翻动着，双手垂在了膝盖上，眼睛注视着充满了隐秘响声、在幽暗中不断变化移动的丛林深处；枝条像他身后火堆的劈啦响声一样；被酷暑压弯了腰的树干在凉爽的夜晚里伸直了身子。他喷出一口烟，自顾自地朗诵起了海涅的诗句。

"对啦，写得真了不起，真了不起。是的，我每天显示着奇迹，天哪，你看到的话会大为惊奇。我记得过去从这儿一直到耕地那边，这片树林子还没有你的膝盖那么大呢。现在树木回来了，是一个懂得这些事物的因果关系的自由思想者种它们的。可是那些树崇拜的还是古老的神。这些基督教的神是没法在森林里生活的，吉斯博恩。"

一条黑影在一条仅容得下马匹通过的小路上晃动了一下，接着黑影走动了，它走到了星光下面来。

"我说得完全对。嘘！半人半羊的农牧之神来拜访总督了。天哪，他就是神啊！"

来的是莫格里，他头上戴着白色花环，手里握着一根剥去了一半树皮的枝条，他随时准备着遇到一点危险就逃回树丛里去。

吉斯博恩说道："那是我的一个朋友。他是在找我。喂，莫格里！"穆勒还没有来得及透一口气，这人就已经来到了吉斯博恩身边，喊道："我不该走开的。我错了。但是，那时我还不知道那头在河边被杀的老虎的配偶已经醒了，它正在找你。要不然我是不会走开的。先生，它从远山区就一直跟上了你。"

吉斯博恩说："他有点儿疯，他讲起这里所有的野兽，就好像都是他的朋友似的。"穆勒一本正经地说："当然，当然。要是连农牧之神都不知道，还有谁能知道呢？"他说到的老虎，究竟是怎么回事，这位和你很熟的神？"

　　吉斯博恩点燃了他的方头雪茄，等他讲完了他和莫格里的种种伟绩，雪茄烟已经烧到了他的胡须边上。穆勒一直倾听着，当吉斯博恩描绘了阿布杜尔·加福尔是如何被驱赶的事以后，他终于说："那不是疯病，那完全不是疯病。"

　　"那么它又是什么呢？今天早晨我要他告诉我他是怎么做到这件事的，他就生气地离开，我猜这家伙着了魔。"

　　"不，那不是着魔，反而它却是一种非常美妙的东西。这类人，他们一般在很年轻的时候就死了。你刚才说那个小偷仆人没有说出是什么赶着他的马走，而大羚羊自然是不会说话的。"

　　"不，真该死，那儿什么动静也没有过。我仔细听了，我能听出大部分声音。那头公羚羊和这个人简直就是猛冲过来的。他们都吓得发了疯。"

　　穆勒没有回答，只是从头到脚上下打量了莫格里，并且招手让他走过来。莫格里像一头公牛踩在一条有气味的道路上那样勉强走了过来。

　　穆勒用当地话说道："不要紧的，伸出胳臂来吧。"

　　他顺着胳臂摸到手肘弯那点了点头。"把膝盖伸过来。"吉斯博恩看见他摸着膝盖骨，微笑了一下。他注意到紧挨着脚踝骨上边，有两三个发白的伤疤。

　　他问："这些是你小时候留下的吧？"

　　莫格里微笑着答道："是的，它们是一些小家伙们给我留下的爱的纪念。"然后他对背后的吉斯博恩说："这位先生什么都知道。他是谁啊？""我的朋友，待会儿再说吧。他们在哪里啊？"

　　莫格里用手绕着他的头画了一个圆圈。

　　"是这样！你还会赶大羚羊吗？瞧！我的母马就拴在那里的桩子上。你能不能把它带到我这儿来而不吓坏它吗？"

　　莫格里的声音比平时稍稍抬高了一点，重复道："我能不能把它带到先生这儿来而不吓坏它？只要把拴住马后腿的绳子松开就行了，没有比这更容易的事了。"

穆勒对马夫喊道："把拴住马头和马腿的尖桩拔起来。"桩子刚刚拔出，那匹高大的澳大利亚种马就抬起头，竖起了耳朵。

穆勒说："小心点！我可不想把它赶进丛林里去。"

莫格里面对着熊熊燃烧的火堆静静地站着——他的体型、外貌，跟小说里描绘得淋漓尽致的那位希腊神简直一模一样。马嘶叫了一声，抬了抬后腿，发现拴住后腿的绳子松开了，便迅速地向它的主人那边跑去。它把头埋进了主人怀里。

吉斯博恩喊道："它是自己跑来的。我的马也会这样。"

莫格里说："摸摸它，看看它是不是出汗了。"

吉斯博恩把手放在潮湿的马肚上。

穆勒说："够了。"

莫格里重复道："够了。"他身后的一块岩石把声音送了回来。吉斯博恩说："真有点不可思议，是不是？"

"不，不只是精彩而已，简直妙极了。你还不明白吗，吉斯博恩？"

"我承认，我确实有点不太明白。"

"好吧，那么我就暂时不说出来了。他总有一天会告诉你是怎么回事的。我如果说了，就太煞风景了。但是他为什么还没有死呢，我真不懂。喂，你听着，"穆勒转脸朝着莫格里，又说起了地方话，"我是这儿包括印度和黑水那边的国度森林的总管，你该做的事就是，不要再在森林里到处游荡了，也不要为了好玩或是为了炫耀自己，而去驱赶野兽了，你就到我手下来工作，你就住在这片森林里，当森林看守人吧；如果你没有得到让村民的山羊在林中觅食的命令的话，你就把它们赶走；如果得到了命令，你就放它们来吃草；如果野猪和大羚羊繁殖得太快的话，就想办法让他们减少一些，这个你是有办法做到的；关于老虎迁移的情况，它们迁移到了什么地方和森林里有哪些猎物这些你都告诉吉斯博恩先生；因为你能够比任何人更早地发出警报，所以你还得对森林里所有的火灾发出确实的警报。干了这些工作的话你每月可以得到一些银币作为报酬。以后，等你有了妻子、牲畜，或许还有孩子的时候，你就会领到一笔养老金。你的回答是什么？"吉斯博恩开口说道："我也正想……"

"我的先生今天早上也谈到了工作。今天一整天，我一边走一边在考虑。我已经考虑好了。我如果接受这件工作，就得在这片森林里，不用到别处去，我要跟着吉斯博恩先生。"

"就这样吧。一星期以后，政府答应付给你养老金的命令就会下达。那时你就住进吉斯博恩先生指定给你的小屋里去就行了。"吉斯博恩说道："我正要跟你谈这件事呢。"

"用不着别人告诉我，我只要看见他就够了。哪个森林看守都比不上他，他是个奇迹。吉斯博恩，我告诉你，你总有一天会发现这一点的。听着，森林里每一头野兽跟他都是亲兄弟。"

"我要是真正了解了他的话，我也就会放心一些的。"

"你会了解他的。我告诉你，我干了三十年的工作，只见过一个这样的男孩，开头也是跟他一样，后来就死了。虽然有时你会在人口调查报告里会听到这类人的事，可是他们都死了。而这个人却活了下来。他是个时代错误。噢，他是人类历史的开端……是伊甸园里的亚当，现在我们只缺一个夏娃了！不！正像大森林比那些神还要古老一样，他比那个幼稚的故事还要古老。吉斯博恩，现在我是个异教徒了，彻底的异教徒。"

那个漫长的傍晚余下来的时间里，穆勒一直不停地抽着烟，呆呆地凝视着黑暗深处，念着一行又一行的诗句，脸上露出欣喜若狂的神情。他走进自己的帐篷里，但是不久，他就穿着华丽的粉红色睡袍出来了，吉斯博恩听见他念出的最后的诗句："虽说我们换上了衣服，着意修饰，盛装打扮，你却高尚、裸体而又古老；李比迪娜是你的母亲，布利亚帕斯是你的父亲，一个是神，一个是希腊人。

"现在我明白了，不论是异教徒，还是基督徒，我是永远也不可能真正地了解森林的隐秘的。"

一星期以后的一个午夜里，在平房里，脸色气得发白的阿布杜尔·加福尔气急败坏地站在了吉斯博恩的床脚边，压低了声音把他唤醒。

他结结巴巴地说："先生，起来，起来，拿上你的枪。我的名誉全扫地了。不要等别人看见，快起床把他杀死吧。"

阿布杜尔·加福尔的脸都变了样，弄得吉斯博恩只是看着他发呆。"原来那个森林里的贱种就是为了这个才帮我擦亮先生的桌子，帮我打水，帮我拔鸡毛的。我揍了多少次也不管用，他们双双都逃走了，现在他正坐在他的魔鬼中间，把她的灵魂也拖进地狱。起来，先生，快跟我来吧！"他把那支来复枪塞进半醒半睡的吉斯博恩手里，然后几乎是把他从屋里拖到游廊上的。

"他们就在森林里头；就在这所屋子的射程以内。轻轻地跟我来吧。"

"阿布杜尔，到底是什么事？出了什么事？"

阿布杜尔·加福尔说："是莫格里和他的魔鬼。还有我的亲生女儿。"吉斯博恩吹了一声口哨，就跟着去了。他知道，阿布杜尔·加福尔晚上揍他的女儿，不是没有原因的。而莫格里曾经帮助他证明了干家务活的人是犯了偷窃罪的人，也不是没有原因的。另一方面，森林里的求爱总是进展得非常迅速的。

森林里传来了仿佛是哪位漫游的森林之神在歌唱般轻幽的笛声。接着，一阵喃喃低语声，越来越近了。一条小路通向一块小小的半圆形的四周长着高高的草丛和树林的林中空地，空地形成了一道藩篱。在这块空地中间，莫格里坐在一根倒在地上的树干上，手臂挽着阿布杜尔·加福尔的女儿的脖子。他头上戴着新编的花冠，吹奏着一根粗糙的竹笛，四头巨大的狼正伴随着音乐，庄严地翩翩起舞。

阿布杜尔·加福尔轻声说道："那就是他的魔鬼。"他手里握着一把子弹。野兽们在一阵拉长了的发出颤音的笛子声中躺下了，他们安静地躺在那里，绿眼睛毫不闪动地瞪着那位姑娘。莫格里放下笛子说道："看那，这有什么可怕的？我告诉过你了，大胆的小人儿，这没什么可怕的，你不是也相信了我吗？你父亲说——嗨，你要是能看你父亲在大羚羊奔跑过的路上奔跑就好了！——你父亲说是魔鬼；我以上帝真主的名字起誓，我一点儿也不奇怪他会这么说。"

那姑娘发出了低低的清脆笑声。吉斯博恩听见了阿布杜尔气得直咬他剩下的为数不多的几个牙齿的声音。这位姑娘完全不像吉斯博恩过去看见的那样，那时她老是蒙着面纱，沉默不语地在院子里悄悄地溜过去，如今她却完全变成了另一个人———夜之间她成了青春焕发的少女，就像兰花一样。莫格里继续说道："他们是我玩耍的伙伴，是我的兄弟，是同吃一个母亲的奶长大的孩子。我已经告诉过你了，我和他们一样是狼爸爸的孩子。当我还是婴儿时，是狼爸爸在洞口替我挡住了寒冷。你瞧，"一只狼抬起了他的灰下腭，蹭着莫格里的膝盖——"我的兄弟知道我在谈论他们呢。当我是个婴儿的时候，他是只常和我一块在泥地上打滚的小狼。"

姑娘更紧地贴在他的肩上，温柔地说："可是你说你是人类父母生养的。你是人类父母生养的吧？"

"我说过！不，我知道我是人类父母生养的，小宝贝，因为我的心已经被你俘虏了。"她的脑袋垂到了莫格里下巴底下。吉斯博恩举起了一只警告的手才制止了阿布杜尔·加福尔，看来加福尔一点儿也没有被眼前的美妙景象所感动。

"但是，我仍然是一只狼，直到有一天，森林里的那些家伙让我离开，因为我是一个人。"

"谁会让你离开？那可不是真正男子汉说的话。"

"小宝贝，是野兽们自己让我离开的！你是永远也不会相信。可事实就是这样。是丛林里的兽类让我走的，不过他们四个却跟着我，因为我们是兄弟。后来我到了人群中间，学会了他们的语言，当上了放牧牲畜的人。哈！哈！畜群们在我的兄弟们手里送掉了不少条性命，亲爱的，后来有个老女人她在夜里看见我和兄弟们在庄稼地里玩。他们就说我被魔鬼附上了身，用棍子和石头把我赶出了那个村庄，他们四个还是跟着我偷偷地走了。也就是在那时候，我学会了吃煮熟的肉，学会了大胆地说话。我从一个村庄走到另一个村庄，我当过牛群的牧人，放过水牛，追捕过猎物，但是还从来没有人敢对我动两次手！"他蹲下拍拍一头狼的脑袋。"你也来这样拍拍他们。他们身上是没有恶意的，也没有魔力。瞧，他们认识你。"

姑娘颤抖了一下说："树林里到处是各种各样的魔鬼。"

莫格里自信地反驳道："那是假话，是骗孩子的瞎话。我曾经在月光下、在黑夜里露宿野外过，所以我知道。丛林就是我的房屋。一个人难道会害怕他自己家的房梁吗？一个女人难道会害怕她的丈夫吗？蹲下身子拍拍他们吧，没事的。"

她侧过脸去，往前俯身下去，嘴里喃喃地说："他们是狗，不干净。"

阿布杜尔·加福尔恨恨地说："我们已经吃下了果子了，现在我们该想到法律了！还等什么呢，先生！开枪吧！"

吉斯博恩说："嘶，住口。我们得了解一下发生了什么事。"

莫格里说："干得好，不管他们是不是狗，他们曾经陪着我走过上千个村庄。"他重新伸出手臂去拥抱姑娘。

"哎，那么你的心在哪里呢？走过上千个村庄，那你一定见过了上千个姑娘。我……已经……已经不再是姑娘了，你的心是属于我的吗？""你要我用什么发誓？用你们的真主吗？"

"不，用你的生命起誓，我就很满足了。那么在那些日子里，你的心在什么地方呢？"

　　莫格里轻轻一笑："因为那时我还年轻，永远吃不饱，所以我的心在我的肚子里。于是我学会了跟踪和狩猎，对我的兄弟们呼来唤去的，差遣他们四处奔走。因此，当他们对我的力量产生怀疑的时候，我为这位傻呵呵的年轻先生驱赶过大羚羊，为那位高大肥胖的先生驱赶过他的母马，其实要驱赶这些人也很容易。就在这会儿，"——他的声音高了起来，"就在这会儿，我也知道你的父亲和吉斯博恩先生就在我的背后。不，别跑，就算是来了十个人，他们也不敢朝前迈一步的。你还记得你父亲不止一次地揍过你吗？用不用我下个命令，把他驱赶到森林里去跑圈子？"一头狼站立了起来，露出了牙齿。

　　吉斯博恩感觉得出阿布杜尔·加福尔在他身边发抖。接着，没过多久他的身边已经空无一人。一看那个胖子正飞快地穿过林中空地，朝山坡下面跑去了。

　　莫格里说："现在只剩了吉斯博恩先生了。"他并没有转过身来，接着说："可是我吃过吉斯博恩先生给的面包，我还要在他手下当差，我的兄弟们也要给他干活，帮他驱赶猎物，传递消息。你躲到草丛里去吧。"姑娘逃开了，高高的草丛把她和跟在她的那只狼遮住了。莫格里和其余三个随从转身面对着走上前来的林务官吉斯博恩。

　　他指着三只狼说道："全部魔法都在这里，那位胖先生知道，我们这些在狼群里养大的孩子，是用手肘和膝盖爬行的。他摸过我的手臂和腿以后，就知道了你不曾知道的真相。难道这有什么奇怪的吗，先生？""确实如此，这一切比魔法还要奇妙。那么是这些狼赶来的大羚羊吗？""是的，只要我下命令，他们会连埃布利斯也赶来的。他们就像我的双眼和双脚。"

　　"那么你要小心点，埃布利斯很可能会带着一支双管步枪来的。你的魔鬼们还需要学会一些本领，他们总是一个挨在另一个身后站着，这样只需要两枪，就能把这三个全都打死。"

"啊，可是他们知道，我只要当上了森林看守，他们就成了你的仆人了。"

"莫格里，不管看守不看守，你对阿布杜尔·加福尔家干了一件很不光彩的事。你的作法使他全家丧失了名誉。"

"什么名誉不名誉的，当他拿走你的钱的时候就丧失了自己的名誉，而且他刚才朝你耳边嘀咕，让你杀死一个人的时候，他就已经把自己抹得更黑了。我会亲自去找阿布杜尔·加福尔谈谈的。我是一个政府雇员。他可以任意挑选他中意的婚礼形式，不然的话，他就得再被赶着跑一次。天亮以后我会找他谈的。至于别的事，先生有自己的房子，而这就是我的房子。我现在还可以再睡一觉，先生。"

莫格里转过背去，消失在草丛中，留下了吉斯博恩一个人。这位林中之神的暗示是不可忽视的；于是吉斯博恩回到他的平房去了。这时阿布杜尔·加福尔正满肚子愤怒同时又满肚子恐惧的坐着，正在游廊上狂呼乱叫。吉斯博恩摇晃着他说道："安静些！安静些！"因为他看起来仿佛要闭过气去了。"你也知道，穆勒先生已经派他当森林看守了，他干到后来就能得一笔养老金，而且是政府雇员。"

"他是一条狗，是个贱种，他是狗群里的一条狗；是吃死尸的家伙！什么样的养老金能抵得了这个！"

"只有真主知道；你也听见了吧，现在生米已经成熟饭了。你想把它张扬出去，让所有的人都知道吗？还是快点举行婚礼吧，你女儿会使他成为一个穆斯林的。他还长得非常英俊，你打了她以后，她马上跑去告诉他，这有什么奇怪的呢？"

"他说要带上他的野兽来赶我吗？"

"假如他真是个巫师，至少也是个非常强壮的巫师。他似乎是这么说的。"

阿布杜尔·加福尔考虑了一会，然后他忘记自己是个穆斯林，竟忍不住嚎哭了起来。

吉斯博恩第二次闯进森林，呼唤着莫格里。"你是位婆罗门，我是你的母牛。就请你去把事情挑明，想办法挽回我的名誉吧！"回答是从他头顶上传来的，声调一点也没有驯服的意思。

吉斯博恩抬头对上面说道："别那么粗嗓门，现在我还来得及撤你的职呢，追捕你和你的狼。如果今晚你让那姑娘回到她父亲的房子里的话，明天你们就可以按穆斯林教规举行婚礼，这之后你就可以把她带走了。但是你现在就得把她送回给阿布杜尔·加福尔。"

"我听见了！"接着，树丛中有两个声音在商议。"好的，我们服从，但这是最后一次。"

一年以后，吉斯博恩和穆勒来到了坎叶河附近的岩石堆。他们正一同策马穿过森林，谈着他们的工作。穆勒骑在前头。在一片荆棘丛的绿荫下，躺着一个棕色皮肤的、全身光溜溜的婴儿，他背后的矮树丛中，有只灰狼在窥视着外边。吉斯博恩一把推开了穆勒的步枪。

穆勒大发雷霆："你疯了吗？瞧瞧！"

吉斯博恩不动声色地说："我看见了，他的母亲就在不远处。天哪！你会把他们一整群都惊醒的。"

树丛又一次被拨开了，一个没有戴面纱的女人一把抱起了婴儿。

她对吉斯博恩喊道："刚才是谁打的枪，先生？"

"是这位先生。他忘了你丈夫的亲戚。"

"忘了？那倒是很有可能的，因为我们和他们生活在一起，有时会忘了他们是外人。先生想见莫格里吗？他现在正在小河下游捕鱼呢。你们这些不懂礼貌的家伙，快走出来向先生们致敬。"

穆勒的眼睛越瞪越圆。他从乱跳乱冲的母马背上翻身下了马。这时丛林里出现了四头狼，他们正围着吉斯博恩撒欢呢。那个女人站着给孩子哺乳。当那些狼蹭着她赤裸的双足的时候，她就用脚把他们踢开。

　　吉斯博恩说道："你讲的那些关于莫格里的话是完全正确的。我本来还想告诉你的。但是这一年来我已经习惯这些家伙了，所以我忘了告诉你。"

　　穆勒说："噢，没关系。不用道歉，老天！我每天显示奇迹，你看到会让你惊奇的！"

鲸鱼的喉咙

　　从前，在海里有一条鲸鱼。这条鲸鱼吃各种鱼类。它吃海盘车、长嘴硬鳞鱼、海蟹、各种比目鱼、象鲽、孙鲽、鲜鱼、鳐鱼、鲋鱼、偶鱼、鲭鱼、小梭鱼、扭曲回旋的鳗鱼等等。在整个大海中，它都会用它的大嘴吞噬掉凡是可能被它发现的一切鱼类。直到最后，在大海里只剩下了一条小鱼。这条剩下的小鱼在鲸鱼的右耳后游了一会，因为这样地来回游能让他免予受伤害。不久，鲸鱼用尾巴立起来说道："我饿了。"小鱼用微弱的嗓音说道："高贵的、宽宏的哺乳鲸，你曾尝过人的味道吗？"

　　鲸鱼说道："没有尝过啊，人的味道怎么样呢？"

　　小鱼说道："好极了！好吃倒是好吃，但是吃起来硌牙，不光滑。"

　　鲸鱼说道："那么给我就来尝尝人的味道。"鲸鱼又用它的尾巴掀起了海浪。

　　小鱼说道："哺乳鲸，一次吃一个就足够了！如果你游北纬五十度、西经四十度的话，你会发现在大海的中部，一个坐在木筏上的穿着一条蓝色的帆布马裤的穷水手，他的裤子上带一副背带（你可不要忘记那副背带）。另外他还有一把大摺刀。这个唯一能够清楚地告诉你人的味道的穷水手，是一个智慧无穷、精明透顶的人。"

　　于是，鲸鱼在听了小鱼的话后用它最快的速度朝着西经四十度、北纬五十度的方向游去了。它游啊游啊，最后在大海的中部一只木筏上，看到了一个穿着一副背带和蓝色帆布马裤的人，这人还有一把大摺刀。鲸鱼发现了在这唯一的一条破船上的孤独的穷水手。他是得到他母亲的准许后才来划水的。他的脚在水里划动着。或许除了他以外的人，就不会划水。只因为他是个智慧无穷、精明透顶的人。

看见这人后，鲸鱼就往后张开了它的大嘴。它张啊张，一直张到它的嘴几乎已经触到它的尾巴上了。然后鲸鱼就把这穷水手和他所坐的木筏子一起吞了下去。水手的背带和那把大摺刀，那条蓝帆布裤子，这些东西也都被鲸鱼吞进它那黑漆漆、暖烘烘的肚子里了。吞完了后，鲸鱼咂吧咂吧嘴之后又向尾部旋转了三圈。

那个精明透顶、智慧无穷的水手，很快就发觉了他自己确实是在鲸鱼那暖烘烘、黑漆漆的肚子里，于是这水手在鲸鱼的肚子里面又是纵身跳跃，又是拳打脚踢，又是重步急行，又是连爬带滚，又是高喊大叫，又是猛击狠咬，又是生拉硬拽，又是连蹬带踹，又是横冲直撞，甚至在鲸鱼那暖烘烘、黑漆漆的肚子里跳起了水手号管舞。他在鲸鱼的肚子里简直是大闹天宫了。这水手的举动弄得鲸鱼不亦乐乎。

因此，鲸鱼对小鱼说道："这个人有棱角，不光滑，不仅如此，他还弄得我打嗝不止。你说，我该怎么办呢？"

小鱼说道："告诉他出来！"

于是鲸鱼通过喉咙对海上遇难的那个穷水手往下喊："规规矩矩地走出来，我已经打了不少嗝了。"

水手说："不，不，我不能出来，除非你把我带到我出生的英格兰白色的悬崖峭壁上，要不然我会想起我的故乡的。"然后他又开始蹦跳了起来，而且比先前蹦跳得更起劲了。

小鱼对鲸鱼说道："你最好把他带回家，我已经告诫过你了，他是一个智慧无穷、精明透顶的人。"

于是鲸鱼用它的两个鳍、状肢和尾部游啊游啊，并且使尽力气接连不断地打着嗝。最后，它终于看见了水手的出生的英格兰白色的悬崖峭壁。

于是鲸鱼猛冲到海滩的中间，并且把嘴张得越来越大，然后说："我们已经到了你要到的那个城市了，'非其堡路站'到了。"可鲸鱼刚说到"非其堡时，那个水手就从鲸鱼嘴里迅速地走了出来。那个智慧无穷、精明透顶的水手当鲸鱼还在海里一直游的时候，他就已经取出了他的那把大摺刀，把木筏削成了正方形的十字交叉的栅栏。接着他又用他的背带（现在你该明白为什么不要忘记那副背带了吧）。把这木栅栏牢牢地绑上了，然后他把木栅栏拖入了鲸鱼的喉咙里，又把它紧紧插了进去。做完了后，他朗诵了一首打油诗。这首诗是你从来没有听过的打油诗。他念了下去：

我单靠简陋的木栅栏，

阻止了你的极端贪婪。

由于这个水手是个爱尔兰人，他可以在海滨的小鹅卵石上急步行走。不久他就走回家到他母亲那里去了。又过了不久，他就结了婚，从此他便愉快地生活了下去。这还是鲸鱼做的好事呢。但是从那天起，那块木栅栏就一直卡在了鲸鱼的喉咙里。鲸鱼既不能把这个栅栏咳出来，也不能把它吞下去。它就卡在鲸鱼喉咙里了。从此，除了那些很小很小的鱼之外，鲸鱼就再也吃不进其他任何东西了。这就是为什么直到今天鲸鱼从来不吃大人和男女儿童的原因。

而那条小鱼也因为怕鲸鱼会对它发脾气而游开了，躲藏在赤道附近的湿泥中。

那水手把他的那把大摺刀带回了家。他穿着那条蓝帆布马裤在海滨的鹅卵上走着，那条背带还是背在后面。你知道的，这条背带就是用来绑栅栏的。那么这故事也就到此结束了。

豹子身上的斑点

　　在人们过着美好生活的日子里，豹子生活在一个叫做高草原的地方。这地方不是有灌木的草原，或者是那种低草原，也不是那种具有酸气的草原，而是一种独特的、仅有的、炎热的、亮堂堂的高草原。高草原里有沙子和沙子颜色的岩石，还长满了稀奇古怪的淡黄色的野草。那里还生活全身都是那种特有的沙石般的棕黄颜色的长颈鹿、斑马、羚羊及角鹿、大羚。在所有特殊的棕黄色的动物中，豹子是一种特有的浅灰色的、狡猾、凶恶的野兽。而且它的毛色与高草原很适应。由于豹子可以趴在那种特有的淡黄、浅灰、棕色混合色的石头旁，或者趴在草丛里，所以豹子的这种颜色对斑马、长颈鹿及其他动物来说是很不妙的！当高草原上的动物走过豹子身旁的时候，豹子就会出其不意地伤害它们。豹子的确会这样做。除了豹子，还有一个背着弓箭，长着那种独特的浅灰、棕色与淡黄混合色的皮肤的依索比亚人和豹子一起住在那高草原上。豹子一直用它的牙齿和爪子捕获猎物。他们一起追赶着长颈鹿、斑马、羚羊、纰角鹿、牡览及其他所有草原上的动物，直到把它们追得晕头转向，不知逃路。

　　过了很长时间之后，在草原上生活长久的动物们就学会了避免受到豹子和依索比亚人的任何伤害的办法，一点一点的逐渐学会了防卫——因为长颈鹿的腿是最长的，所以长颈鹿是这些动物中最早学会的。动物们离开了高草原。它们不停地急促地跑着，直到它们来到了一个大森林。长颈鹿等动物们就躲藏在遍地都是罕见的树林、灌木丛里、到处是斑斑点点的、杂乱无章的、大小形状不一的树木阴影中。接着又过了很久之后，由于这些动物的一半身子露在外面，而另一半身子站在阴暗处，再加上树木的阴影落在它们身上的缘故，斑马就变得满身条纹，长颈鹿的皮上长满了一大块一大块的斑点，而纰角、羚羊和鹿则成为黯然无光的、棕黑色的了。在它们背上全长着灰色的、树皮般的小波浪形的条纹。这就是它们的保护色。正是由于它们有这样的保护色，虽然你可以在森林中听到它们的声音，嗅到它们的气味，但是你很少能看见它们的身躯。它们在那整齐清新的斑点密集的森林的阴暗处，度过美好的时光。那时豹子和依索比亚人还在那个高草原的旷野上面四处乱跑。他们焦急万分地想得知草原上的动物们都到哪里去了。当他们饿得不行的时候得只好吃些老鼠、甲虫及山兔子。这样一来，没多久，豹子和依索比亚人的肚子都疼了起来。后来他们遇到长得像狗一样的、吠叫着的全南非洲最聪明的狒狒巴威安。

豹子问巴威安："草原上所有的猎物都跑到哪里去了呀？"

虽然巴威安知道所有的动物都在哪里，但他也装作没有看见似的。

依索比亚人对巴威安说道："巴威安，你能告诉我这些土生土长的动物目前的栖息地吗？"

巴威安继续装作没有看见似的。

巴威安说道："猎物都跑到别的地方去了。豹子，我劝你还是尽快地琢磨其他的'点'吧。"

依索比亚人说道："那倒是很好，但是我很想知道本地的所有动物都搬到什么地方去了。"

然后巴威安说道："因为当地所有的动物早就想改变改变生活的地方，所以它们已经加入到别的地方去了。依索比亚人。我劝你也要尽快地改变一下吧。"

巴威安的话可给豹子和依索比亚人出了难题。但是他们还是决定去寻找本地的动物。又过了许多天以后，他们在离草原很远的地方看见了一片巨大的、树木密集的参天森林。这里到处都是斑斑点点的、稀奇的、纵横交错的、星罗棋布的、大小形状不一的树林阴影。

豹子问道："这个是什么？在这罕见的黑暗中，还有着一丝丝的光亮？"

依索比亚人说："我不知道，但它大概是本地的动物吧。我能够嗅到长颈鹿的气味，而且我还可以听见它的声音，但我就是看不见长颈鹿的身影。"

豹子说："那可能是意想之外的情况，我觉得这是因为我们刚从充满阳光的地方来到这里的缘故。我也能听见它的声音，而且能嗅别斑马的气味，但就是不能看到斑马的身影。"

依索比亚人说道："稍等一下，我们没看到它们已经很久了，也许我们已经忘掉它们是什么样子的了。"

豹子说："在高草原的时候我完全记得它们，特别是它们的骨架。长颈鹿有五六米高，它从头顶到脚跟都是特殊的黄褐色。而斑马大约是一米半高，从头到脚都是独特的浅灰、黄褐色。"

依索比亚人往阴暗处瞧了一眼，说了声："嗯，那么现在它们大概是来到像香蕉房一样黑的地方了。"

豹子和依索比亚人寻找了一整天，一无所获。虽然他们俩能够听见那些动物发出的声音，并能嗅到那些动物的味道，但是他俩从来没有看到它们之中任何一个动物的身影。

豹子说："为达到美好的目的，我们要一直等到天完全黑下来。"

为此，他们就等到了天黑。那时豹子在透过树枝缝隙撒落下的星光处，听见有什么东西喘气的声音，并且它还跳着，摸起来像斑马，嗅起来也像斑马。当豹子把它击倒在地的时候，它踢蹬着的样子很像斑马，但是豹子看不见它。因此豹子说道："安静些，你这个没有形影的家伙。由于我还没有弄清楚你的情况，所以我要坐到你的头上直到天亮。"

不久，那个依索比亚人也听见一种呼呼噜噜、哗哗啦啦的和攀缘树木的声音。后来他就喊起来："我已经捕捉到了那个我看不见的嗅起来像长颈鹿、踢蹦的样子像长颈鹿的东西了，但它就是没有形影。"

豹子说："你对它不要掉以轻心！坐到它的头上到天亮，像我这样坐着。它们之中谁都没有形影。"

于是，豹子和依索比亚人牢牢地坐在了斑马和长颈鹿的头上直到清晨天亮时分。等天亮后，那豹子说："兄弟，那抓的是什么呀？"

那依索比亚人抓挠着他的头说："他从头到脚是特有的富贵的桔黄褐包。它大概是长颈鹿吧。但是它满身覆盖着褐色的大块斑点。你抓到的是什么呀？"

豹子抓挠着它的头说道："它是特殊的、柔和的浅灰和淡黄褐色的，它可能是斑马。但是它全身部覆盖着黑的和紫色的条纹。"

这时斑马说道："这里不是高草原，你们看不到我们。"

豹子说："昨天我什么也看不见，可是现在我可以看见。你们是怎样做到的呢？"

斑马说道："让我们起来吧，这样我们才可以给你们表演，来说明这个问题。"

豹子和人让斑马和长颈鹿站了起来，于是斑马向小荆棘灌木丛方向转去了。而那长颈鹿则向一些高大的树林中转去了。

斑马和长颈鹿说道："现在看吧，这就是那隐没的去路。你们看看吧，哪里还有你们的早餐哪？"

豹子和那个依索比亚人凝视着，无论怎么看，他们只能看见森林中所有的条形影和斑形影，看不见斑马和长颈鹿。刚才它们已经隐藏到满是阴影的森林中去了。

依索比亚人说："嗨！嗨！那个把戏真的是值得学习的。通过这事我们可以得到启发，豹子。你如果到这漆黑的地方来的话，就像一块掉进煤桶里的肥皂一样。"

豹子说："啉！嗽！你要是来这个黑地方的话，就像掉进一袋煤中的芥末面一样。"

依索比亚人说道："好了，互相攻击是不会捕到食物的。那长脖子和短脖子的东西，凭我们的经验是和他们较量不了了。我打算听从巴威安的劝告。他告诉我，我应该改变改变，可是我除了我的皮肤之外没什么能改变的。所以我打算改变改变我的皮肤。"

豹子激动万分地问："怎么改变？"

"改变成便于猎取活动的那种微黑、浅棕色的利于在坑里和树后躲藏的好颜色，这颜色中还稍带点紫色。"

于是依索比亚人当场就改变了自己皮肤的颜色。那豹子比原先更激动了。它以前从来也没有看过一个能随意改变自己皮肤颜色的人。

依索比亚人把他的拇指缓慢地指向他那精细的、崭新的黑色皮肤："看，我怎么样啊？"

"你也听从巴威安的劝告吧，他让你尽快琢磨其他的'点'啊。"

豹子说："我会这样做的！我们两个一起去别的地方吧。那样会万事如意的。"

依索比亚人说："噢，巴威安所说的'点'，不是指南非洲那些地点，它指的是你身上的斑点。"

豹子问道："斑点有什么用处吗？"

依索比亚人说道："你考虑一下长颈鹿的那种斑点适合你，还是你喜欢像斑马那种的条纹。你要知道，长颈鹿和斑马身上的斑点和条纹给了它们完全令人满意的效果。"

豹子说："嗯！我不能有像斑马那样的条纹，我不喜欢那样。"

依索比亚人说道："好吧，你自己拿主意吧，虽然我不愿意撇下你一个人去打猎。但是如果你还是坚持守株待兔的话，我也只能丢下你不管了。"

豹子说："那么，我采纳那种像长颈鹿那样的斑点形式的，但是不要把斑点搞得那么大，而且也不能像长颈鹿那样总是带着斑点。"

依索比亚人说道："我要给你用手指把斑点轻轻画出来，我的皮肤上还剩下足够的黑色，你站过来些。"

然后依索比亚人把五个手指按在了豹子身上。于是五个手指触到哪，哪里就留下了五个小斑点，这五个黑色的小斑点都紧靠在一起。就像现在你在任何一个豹子皮上看到的黑斑点一样。有时那五个手指按滑脱了，那印点就会变得模糊不清。但是现在如果你在近处看一只豹子的话，你会看见总是有五个由黑胖手指擦出的斑点。

依索比亚人说："现在你多美啊！你完全可以躺在光秃秃的地面上，那样的话你会看上去像一堆小石头。你躺在光溜溜的岩石上的话，看上去会好像一块布丁岩。当你躺在树枝上的时候，看上去就好像穿过树叶缝的太阳光线。"

豹子说："如果我是这么美丽的话，那你为什么不弄成这样呢？"

依索比亚人说："哽，一成不变的黑色对黑人来说是最好不过的了。现在我们走吧，否则我们就赶不上早餐了。"

从此以后，他们就过着幸福的生活。到此故事讲完了。

噢，现在你时常会听到成年人说："豹子岂能改变斑点呢？或者依索比亚人岂能改变他的皮肤呢？"如果豹子和依索比亚人原来一次也没有改变过自己身上的颜色的话，我决不认为大人们会喋喋不休地说这么愚蠢的话。你认为是这样的吗？但是依索比亚人的黑皮肤和豹子身上的斑点永远不会再改变了，因为他们对他们的身上的斑点及黑皮肤都是相当的称心如意。

袋鼠祖先

袋鼠原先并不是如今我们所看到的那样，他以前是有着四条短腿的动物。袋鼠满身都是灰颜色的羊毛状卷儿。袋鼠引以为自豪的就是他可以随心所欲地纵情欢乐。他可以毫无忌惮地在澳大利亚的中部露天岩上跳舞。他向着小恩归神走去了。

在早饭前六点钟，袋鼠走到恩归神那里，说道："恩归神，在今天下午五点前，让我区别于其他所有的动物吧。"

恩归神喊了一声："滚开！"并从那沙石古宅的座位上跳了起来。

袋鼠引以为自豪的就是随心所欲地纵情欢乐，他浑身长着灰颜色羊毛状卷儿。他可以毫无忌惮的在澳大利亚中部的岩石壁上跳舞，他又向恩归神走去了。

在早饭后的八点钟，他走到恩归神那里，说道："恩归神，在今天下午五点前，使我与众不同吧，还要使我名声显赫吧！"

恩归神从他那满是荆棘的洞穴里跳了起来，随后喊叫："滚开！"

袋鼠浑身长着灰颜色的羊毛状卷儿，他引以为自豪的就是他可以随心所欲地纵情欢乐。他在澳大利亚中部的沙岸上跳舞。他又向那恩归神走去了。

他走到恩归神那里，在午饭前的十点钟，说道："在今天下午五点以前，使我与众不同吧，使我成为名列前茅的追逐者吧，恩归神。"

恩归神从他的浴池中跳起来，并且喊道："好的，我能使你如愿以偿。"

恩归神呼唤了那只总是饥饿样子的野犬——一只黄狗。野犬，在阳光下满身灰尘。恩归神向野犬示意了袋鼠。并对它说道："野犬，野犬！醒醒，你看见在那边灰坑里跳舞的那位先生了吗？他想要成为出名的追逐者。野犬，你去帮帮吧。"

那只野犬跳了起来，说道："说的是那只'猫——兔子'吗？"

于是野犬——那只黄狗跑开了。一向是饥饿样子的野犬龇牙咧嘴着，跟在袋鼠的后面跑。

那骄傲的袋鼠像小兔子一样撒开四条小腿跑开了。

这故事的第一部分就到此结束了。

袋鼠跑过山岭，跑过沙漠，跑过芦苇塘，跑过盐田地，跑过荆棘丛，跑过蓝色的橡胶树林。袋鼠跑啊跑啊，一直把他的前脚都跑痛了，但是袋鼠还得跑，因为它不能被那只黄狗抓到。

一向饥饿的那只野犬跑着，始终是不远不近的跟着袋鼠。

袋鼠还是得跑！

那只袋鼠仍然跑着，跑过了树林，穿过了矮草地，穿过了北回归线，穿过了高草地。他一直跑得后腿都酸疼了。

袋鼠还是在跑！

那只黄狗也还在跑，不远不近地跟着袋鼠。黄狗越来越饥饿了。他们来到了渥尔刚河。

可是现在，河上没有任何桥梁，也没有任何渡船。袋鼠不知道该如何过河。所以袋鼠立起了腿蹦跳了起来。袋鼠还得跑。袋鼠穿过沙漠跳着，穿过夫林德斯河跳着。

袋鼠起初跳了一米，然后他跳了三米，接着又跳了五米。跳了这么多后袋鼠的腿变结实了，袋鼠也变高了。虽然袋鼠非常想休息，但他没有休息的时间或精神。

　　野犬——那只黄狗仍然跳着。他非常迷惑不解，他搞不清楚究竟什么使袋鼠有了那样的蹦跳能力。

　　袋鼠跳得像在锅里炒的豌豆，跳得像只蟋蟀或者跳得像幼儿园地板上的一只新的皮球。但袋鼠还得继续跳。袋鼠蜷起他的两条前腿，用他的两条后腿跳。为了保持身体后部的平衡，他伸出了尾巴。他接着又穿过了犬令河跳着。

　　野犬——那只疲倦的狗还跟在袋鼠身后，但是他越来越饿了。他非常迷惑不解，究竟到什么时候袋鼠才肯停止蹦跳。

　　后来恩归神从盐田地的浴池中走了出来，并且说道："现在是五点钟了。"

　　野犬——那可怜的向来是饥饿样子的黄狗坐了下来。在太阳光下伸出舌头狂吠着。

　　这时袋鼠也坐下了——那袋鼠祖先——伸出了他的尾巴，支在后面就像一把挤奶凳。他说道："这一下可算跑完了。"

　　然后，那个向来彬彬有礼的恩归神说道："袋鼠，你为什么不向黄狗表示感谢呢？你为什么不感谢他为你所做的一切呢？"

　　然后那只疲倦不堪的袋鼠说："他扰乱了我的正常有序的用餐时间。他把我从我的故乡里追赶了出来。他改变了我的体形，我再也不能恢复原状了。他还拿我的腿开玩笑，都这样了，你还叫我感谢他？"

　　然后恩归神说道："也许是我弄错了，但是，不是你叫我让你区别于其他所有的动物吗？况且你还那么迫切地想要达到目的呢？而现在已是五点了。"

　　袋鼠说："是的，我是希望有我特有的东西，但我原本是想能通过施魔法，或念咒语来使我区别于其他动物。可现在却成了一场闹剧。"

　　恩归神从那涂着蓝色树胶的浴池中说道："是闹剧。你如果再说一遍的话，我就要吹哨唤出野犬来追你了，直到把你的后腿跑掉。"

　　袋鼠说道：“不，我应该道歉。腿就是腿吧，我想你不必再改变我的腿了。我从早晨到现在就没有吃一点东西。我肚子实在是空空如也。”野犬——那只黄狗说：“是的，我刚才也是同样地饿着的。我这么拼命全是为了使袋鼠不同于其他所有动物。现在我能吃点什么吗？”然后恩归神从盐田浴池里走出来说：“明天再向我问这件事吧，因为我现在要洗澡了。”于是袋鼠和黄狗相互埋怨着离开了澳大利亚中部。

犰狳

　　这是另一个发生在远古时代的小故事。就在那时代的中期，一只吃蜗牛、蟹、虾等介壳类的刺猬生活在混浊的拉丁美洲北部的亚马孙河岸。他还有一个行动缓慢、身体坚实的吃绿色的莴苣叶之类的乌龟朋友，他住在混浊的亚马孙河岸。

　　而且，就在那远古时代，在混浊的亚马孙河岸还生活着一只长着花纹的美洲虎。这只美洲虎能吃他捕捉到的每一个东西。当他捕捉不到鹿或猴子的时候，他就吃青蛙和甲虫。而当他捕捉不到青蛙和甲虫时，他就会到母虎那里，听母虎给他讲如何吃刺猬和乌龟。

　　母虎和蔼亲切地摇晃着她的尾巴，反复地对小虎说："我的儿子，当你捕捉到乌龟时，你就该用你的爪子，把他从他的壳里掏出来。而当你发现刺猬时，你就该把他投进水里，那时刺猬就会蜷缩起来。"

　　一个美丽的夜晚，在那混浊的亚马孙河岸，那只小虎发现了一只刺猬和一只缓慢结实的乌龟，坐在一个倒下的树上。刺猬和乌龟已经来不及跑开了。那个长着刺的，就团编成一个球，因为他是个刺猬。那只缓慢结实的乌龟，就尽可能地把手和脚都缩进了他的壳里。

　　老虎说道："现在你们好好听着，因为这是非常重要的。我母亲对我说当我遇到一只乌龟时，我就要用我的爪子，把他从他的壳里掏出来。而当我遇到一个刺猬时，我就应该把他投进水里，那时刺猬就会蜷缩起来。现在，你们告诉我，你们俩哪个是刺猬，哪个是乌龟。因为，为了保全我身上的斑纹，我不能自己讲出来你们谁是谁。"刺猬说道："你确信你妈妈所告诉你的话吗？你确信吗？也许，她讲的是当你抓到乌龟时，你应该拿一把勺子把他从水里剥出来；而当你抓个刺猬时，你应该把他投在壳里。"

缓慢而结实的乌龟说："你非常相信吗？你确信你妈妈告诉你的话吗？也许，她说的是当你抓到刺猬时，你应该把他投进你的爪子里；而当你遇见乌龟时，你设法去剥他的壳，直到他敞开为止。"

那只小虎说："我认为你们说的话和我妈妈说的话完全不一样。"他感到有点糊涂了。他接着说："但是请你们把这话再说得清楚明白些。"

刺猬说："当你用你的爪子舀水时，你就用一只刺猬把他扯开。你要记住这话，因为这很重要。"

乌龟说："但是，当你抓它的肉时，你用一个勺子把它投进乌龟里。现在你听明白了吗？"

那只小虎说："你们说的话把我身上的斑纹都弄疼了，而且除了这两个以外，我一点不想听你们的劝告。我只想知道的是，你们哪一个是刺猬，哪一个是乌龟。"

长着刺的说："我不能告诉你，但是如果你愿意的话，你可以把我从我的壳里掏出来。"

那小虎说道："啥！现在我知道你是乌龟了。你以为我不能把你从壳里掏出来！现在我就要把你从你的壳里掏出来。"正当长着刺的刺猬蜷缩成球时，那只小虎突然急速地向前伸出他的爪子抓住了刺猬。当然这么一抓，老虎的爪子就扎满了尖刺。比那更糟糕的是，那只老虎把刺猬扔进了树林和灌木丛里。因为那树丛里太黑，所以老虎发现不了刺猬。当老虎疼得稍轻些能讲话时，他马上就说："现在才知道他根本不是乌龟。但是，但是……"然后他用扎着刺的爪子抓挠着头，"可是我又怎么知道另外一个是乌龟呢？"

缓慢结实的乌龟说道："可我是乌龟啊，你母亲应该非常晓得的。"

那只小老虎说："对。她说你要用你的爪子把我从我的壳里掏出来。那就开始掏吧。"

那只小虎吸吮着扎进爪子的刺说道："刚才你没说我母亲所说的话，而且你们两个说的完全不是一回事啊。"

"好吧，如果你认为她说要你用铲子揭开我，而不是用壳把我凿成小块的话，我就毫无办法了，是吗？假使你认为我说的与你母亲说的毫无共同之处的话，我不明白它会造成什么不同的结果。"

那只小虎说："但是你说，你想用我的爪子把你从你的壳里掏出来。"

缓慢结实的乌龟说："如果你再想想的话，你就会发现其实我并没有说那种话。我说的正是你母亲所说的那句话，你要把我从我的壳里掏出来。"

那只小虎很傲慢而且很谨慎地说道："如果我这样做的话会发生什么事情呢？"

"那我就不知道了，因为到现在为止我还从来没被从我的壳里掏出来过。但是我老实地告诉你，如果你想看见我游开的话，你只能把我投进水里。"

那小虎说："我不相信这事，你把我母亲告诉的事情，和你们问我的是否我确信她没有说的那些事情混在一起了。你说得我都晕头转向了。而现在你却来告诉我一些我可以懂的事，这反倒使我比以前更糊涂了。我母亲告诉我的是，我要把你们两个当中的一个扔进水里，而因为你们看起来是如此的盼望被扔进水里，所以我是不会如你们所愿的，你们自己跳进混浊的亚马孙河游开吧。"

乌龟说："我提醒提醒你哟，你的妈妈非常高兴的，不要告诉她我对你讲的话啊。"

那小虎回答道："如果你说有关我母亲说的另外的话。"但是没等他说完那句话，那缓慢结实的乌龟就平稳地一头扎进了混浊的亚马孙河，在水的下游游了很长一段距离后，又游回到了岸上，那长着刺的正在岸上等着他呢。

长着刺的说："这是一条非常狭窄的逃脱之路。我不喜欢那只小老虎，你告诉他你是个什么了吗？"

"我老老实实地告诉他我是个乌龟。可他就不相信我说的话，而且他还让我跳进水里来看看我是否是乌龟。我就跳进了水里，让他看到了我是个乌龟。他感到非常惊奇。现在他已经去告诉他的妈妈了。听，这就是他。"

他们可以听到那小虎，来来回回地边走边吼叫着，在混浊的亚马孙河边旁的树林和灌木丛中直到把他的妈妈吼叫来。

他母亲亲切地摇着尾巴连连地说："儿子啊，儿子！你都做了些什么不该做的事啊？"

那小虎说："我企图把乌龟掏出他的壳里，我的爪子从他的壳里掏出来的东西，弄得我的爪子扎满了刺。"

他母亲亲切地摇着尾巴连连地说："儿子啊，儿子！根据你的爪子指甲中有刺这点来看，那一定是个刺猬。你应该把他投进水里的。"

"我把另外一个东西投进水里了。可他说自己是个乌龟。我没相信他。可是那个确实是乌龟。他一头扎进混浊的亚马孙河，逃走了。所以我没有得到一点好吃的东西。我认为我们最好在其他地方发现些洞会比这个好些。"

母亲亲切地摇着尾巴连连地说道："儿子啊，儿子！现在注意听我说，并且老老实实地记住我所说的每一句话。当一只刺猬蜷缩成一个球时，他的刺就立刻突出来的。根据这些你就可以知道他是刺猬了。"

长着刺的在一大片树荫下说："我一点也不喜欢这个老夫人。我担心她还知道其他些什么事。"

　　母虎亲切地摇着尾巴一遍一遍地继续说道："一只乌龟是不会蜷缩起来的，他能做的只是把他的头和腿缩进他的壳里，根据这点你就可以知道他是一只乌龟了。"

　　那缓慢结实的乌龟说道："我完全不喜欢这个老夫人。那只小虎恰恰不能记住她的那些指点。喂，长着刺的，你不会游泳真是太遗憾了。"

　　长着刺的说："不要埋怨我，还是想想如果你能蜷缩起来那该有多好吧。这真是弄得一团糟。"

　　那只小虎正坐在那混浊的亚马孙河岸，吸吮着爪上的刺，并自言自语地说："那就是他，坚实实又慢悠悠！不会蜷缩，但可会游。那就是他，粘附着尖尖刺的……只会蜷缩，但不会游泳。"

　　长着刺的说："他将永远不会忘记那话的，喂，慢悠悠又坚实的，你托起我的下巴，帮我教教游泳，它可能会对我有用。"

　　慢悠悠坚实实的说："好极了！"并当长着刺的在河水里扑蹬时，他托起了长着刺的下巴。

　　那慢悠悠又坚实实的说："现在如果你能稍微掀起我的背板壳的话，我就会明白我怎么才能蜷缩起来。你还可能会成为一个游泳家呢。这可能会对我是有用的。"

　　长着刺的帮助掀开乌龟的背板壳，由于又是扭又是拉的，那个慢悠悠坚实实的就稍微蜷缩了一点。

　　那长着刺的说："妙极了！但是我再帮不上忙了。乌龟，行行好吧，再一次把我引到水里吧，我要练习那个你说得很容易的侧泳。"于是那长着刺的就练习开了。而那慢悠悠坚实实的则游在他的旁边帮他监督着。

　　那慢悠悠坚实实的说道："妙极了！稍加练习你就能成为一个普通的鲸鱼。而现在如果我可以劳驾你的话，你就帮我把我前后板壳的两个孔掀开点，我要试试你那说得容易的又迷人的弯曲。但是不要惊动那只小虎。"

那浑身湿漉漉的长着刺的，从那混浊的亚马孙河里爬上来说，"妙极了！我发誓，我不曾知道你是我家族中的一员。你刚才说的两个孔就在这里吗？你稍带点表情来示意，要不然那只虎会听见我们说话的。当你蜷缩完了时，我要试试那个你说得很容易的潜水。但是我们不要惊动那只小虎。"

于是那长着刺的一头扎进了水里，而那慢悠悠坚实实的也在旁边游着。

那慢悠悠坚实实的说："妙极了！注意点憋气的话你就能够在那亚马孙河底立门户逗留下去了。现在我要试试把后腿绕在耳朵上的那种水中练习动作。你说这种练习是特别舒服的。"

那长着刺的说道："妙极了！但是你把你的后板壳稍微拉起来。他们现在搭叠上了，不再是分开的了。"

那慢腾腾坚实实的说："噢，这是练习的结果。我已经注意到你的尖刺似乎一个个的逐渐软化并消失了。现在你看起来正在变成像个松果似的，而不太像你原来的那种像栗子花头的样子了。"

长着尖刺的说："说的是我吗？那是因为我在水里浸泡的缘故。噢，不要惊动那只小虎！"

一直到清晨来临，他们一直互相帮助着在水中练习。当太阳升得老高时，他们才休息了一下，晾干了身体后就发现他们两个都大大的不同于昨天的样子了。

早饭后乌龟说："喂，长着尖刺的，我已经跟昨天不一样了，但是我想我还能逗逗那只小虎。"

长着尖刺的接着说，"我也正想这件事情呢。我认为在原有刺的基础上，产生了单鳞状物已是惊人的改进了，——更不用说还可以游泳了。噢，不要使那虎吃惊！现在我们就去找他吧。"

不久后他们找到了那小虎，他还在那里护理着昨天被刺的爪子。

长着刺的说："早安！你亲爱慈祥的妈妈今早身体可好吗？"

小虎说道："她身体好得很，谢谢关心。但是如果我一时想不起你的名字的话，请你原谅。"

长着尖刺的说："那可就不像话了，你还记得昨天你企图用你的爪子把我从我的壳里掏出来吗？"

小虎说道："可是你没有壳，反而你浑身尽是刺。只要看看我被扎的全是刺的爪子我就知道你满身尽是刺。"

那慢悠悠坚实实的说："昨天你要把我投进那混浊的亚马孙河里，并把我淹死。为什么你如此粗暴无礼而且这么健忘呢？"

长着尖刺的说："你还记得你母亲告诉你的吗？"

"那就是他，坚实实又慢悠悠！不会蜷缩，但会游。"

那就是他，粘附着尖尖刺的！只会蜷缩，但不会游！"

然后他们两个都蜷缩起来，绕着小虎滚啊滚啊，一直滚得那小虎头昏目眩为止。

那小虎就更糊涂了，所以他就去请教他的母亲了。

他说："母亲，今天在树林里有了两个新动物，一个是你说的那个不会游泳的那个，可是他会游泳。一个是你说的那个不能蜷缩的，可是他会蜷缩。而且他们把他们身上的刺都分没了，他们俩满身都是鳞，而不再是原来的样子，一个是平滑的，而另一个是刺乎乎的了。除此之外，他们还转着圈滚啊滚的，我感到非常不舒服。"

老虎妈妈亲切地摇着她的尾巴一遍遍地说："儿子啊，儿子！乌龟就是乌龟，而他也永远不可能是别的东西，而刺猬就是刺猬，他除了是刺猬不可能是别的。"

"但是那个不是乌龟，而那个也不是刺猬，可是我不知道他们的真名实姓。"

母虎说道："胡说！除非我发现是个真的，否则我是不会理睬它的。

每个东西都有它的名字，我应该把他叫做'犰狳'。"

　　因此那小虎就按照他母亲告诉他的话去做了。特别是那句不理他们的话。在那混浊的亚马孙河岸上，从那天起直到现在，没有一个人再叫他们长着刺的和慢悠悠坚实实的了，人们把那些稀奇古怪的东西叫做"犰狳"。当然，在其他地方也是有刺猬和乌龟的。但是那些长着像松塔片一样的层层叠叠鳞片的老练的、聪明之辈，他们就永远被叫做"犰狳"了。因为经们都是那么的聪明。好了，故事就是这样的。

猫

这个故事发生在所有家畜和家禽都还没有出现的时候。

那时狗、马、牛、羊、猪都以原始的方式生活在潮湿的森林里，它们都是野生动物。在所有的野生动物中，猫算是最有野性的动物了。所有的地方对猫来说都是一样的。当然，那时候男人也是有野性的。他野蛮得令人恐怖。直到他遇到了那个女人，他才开始成为驯服的了。那个女人告诉那男人说，她不喜欢野蛮的生活方式。她挑选了一个干燥而舒适的洞穴作为安身之处，来代替那些湿树叶堆。她在地面铺上了干净的沙子，把一张干燥的野马皮尾巴朝下的横挂在了敞开的洞口上，并在洞穴后面生了一堆旺火。她说道："亲爱的，你进来的时候把脚擦干净，因为我们要保持屋内的清洁。"

那天晚上他们吃了用野生的稻谷、野生的葫芦填的鸭子，还吃了在滚热的石头上烤过的用野生的大蒜和胡椒粉调味的野羊肉，还吃了野牛骨髓、野樱桃等。等吃完了晚饭以后，那女人坐起来梳着她的头发，等那男人心情愉快地走到火堆前去睡觉了。她拿出了又大又宽的羊肩胛骨——她看着骨头上面奇妙的花纹，并往火里加着木柴，变了她的第一个魔术。

从阴暗潮湿的野林中出来的野生动物们都聚集在它们能看见远处火光的地方。它们在一起捉摸着这火光是怎么回事。

"噢，我的朋友们，他们可能是我们的敌人。为什么那男人和女人在大洞里拢起那么大堆火呢？这会对我们产生威胁吗？"野马用它的蹄子刨着地说。

野狗说："我想这是件好事。我要去看个明白。猫，你和我一起去吧。"并翘起它的鼻子嗅着烤羊肉的香味道。

猫说："喵喵！所有的地方对我来说都是一样的，我是只我行我素的猫。我才不去呢。"

野狗说："那么我们永远不可能再是朋友了。"说完他就朝着洞穴颠跑过去了。但当狗跑了一小段路时，那猫就自言自语地说道："我为什么不随心所欲地也去看个明白呢，所有的地方对我来说都是一样的。"于是猫悄悄地溜到了野狗后面，并藏在了一个什么都能听得见的地方。

当那女人正看着那块羊骨头的时候，野狗用鼻子拱起了那干马皮并嗅着那烤羊肉的美味，接着笑着说道："先行者来了，野物出了野林。你想要干什么啊？"

野狗说："噢，我敌人的妻子和我的敌人，在野林中都能嗅到的这个味道是什么呀？"

那女人说："你尝尝吧，野林中出来的野物。"并捡起一块烤羊肉排骨扔给了野狗。野狗立刻啃起了骨头，它从来没尝过这么美味的排骨。它说："噢，我敌人的妻子和我的敌人，再给我吃一块吧！"

那女人说："从野林出来的野物，如果你夜晚在门外放哨，白天帮我的男人打猎的话，你需要多少骨头我都会给你的。"

那猫听了这话说："哈！这真是一个非常聪明的女人，但是她还不如我的野狗聪明呢。"

野狗立刻爬进了洞里，并把头贴在那个女人的膝盖上说道："噢，我朋友的妻子和我的朋友，夜晚我会为你们守洞的，白天我会帮你的男人去打猎。"

那猫听了这话说："哈！这真是一条很傻的狗。"于是猫摇着尾巴，穿过那潮湿的野林走回去了。回去后它没告诉任何人关于狗的事情。

那男人醒来时说："野狗在我们的家干什么啊？"那女人说：他的名字不再是野狗了，他是第一个使者了，因为他将永远永远地做我们的朋友。你打猎的时候把它带去吧。"

第二天夜晚，那女人在火前烤干了水草地里割的一大抱青草。青草立刻散发出新鲜的干草味来。然后那女人坐在洞口，编了一根皮缰绳。她看了看那块宽大的羊肩胛骨——变了她第二个魔术。

从野林中出来的所有野兽都猜测着野狗肯定是发生了什么事。最后野马用蹄子刨着地说："为什么野狗还没有回来？我去弄个明白。猫跟我一块儿去吧。"

猫说："喵喵！我是个我行我素的猫，而且所有的地方对我来说都是一样的。我才不跟你一起去呢。"但是猫跟上次一样悄悄地跟在野马后面，并且藏在一个什么都能听得见的地方。

当那女人听到野马轻轻跑来的声音的时候，她笑着说道："瞧瞧，第二个来了。从野林中出来的野物，你想要干什么啊？"

野马说道："噢，我敌人的妻子和我的敌人，野狗现在在哪里？"

那女人捡起那块骨头并望着骨头，笑了笑说道，"从野林中出来的野物，你并不是为了找野狗才到这儿来的，你是为了芳草而来的。"

那野马轻轻地跑着，说道："你说得对，给我吃草吧。"

那女人说："从树林中出来的野物，低下你的头把我给你的东西戴上吧，那样的话你一天就会吃到三遍芳草的。"

猫听了说："哈！这是一个聪明的女人，但是她还不如我聪明呢。"

野马低下了头后那女人就在马头上套上了那根他早就编好了的皮缰绳，那野马伏在那女人的脚下喘着气说："我主人的妻子，我的女主人，为了能得到芳草，我愿意当你们的仆从。"

猫听了这话说："哈！这匹马傻得没救了。"于是它摇着尾巴，穿过潮湿的野林走了回去。同样这次它也没有告诉任何人。

当那男人和野狗打猎回来时，那男人问自己的妻子："野马在我们家干什么？"那女人说："因为它将会永远永远地把我们从一个地方送到另一个地方去，所以它已经是第一个仆从了。你就每天骑在马背上去打猎吧。"

第二天，野牛高抬着头，朝着洞穴走去了。那猫也跟在牛后面，同以前一样地把自己藏了起来，而且今天发生的每件事都和以前一模一样。那只猫所听到的话也和从前一模一样。当野牛答应每天给那女人送牛奶来换取芳草时，那只藏在暗处的猫和从前一样摇晃着它的尾巴，穿过野林走回去了。但是它从来也没告诉过任何人他听到的话。那男人，马、狗打完了猎后回家问了和从前一样的问题的时候，那女人说："它已经是个美好食物的奉送者了，它将永远永远地送给我们温暖的白色的奶汁。而且当你和第一个朋友及第一个仆从去打猎时，我来照管它。"

第二天那猫等着看是否还有另外的野物会到那洞穴去。但是那天在那潮湿的野林里没有一个人去那个地方，因此，猫便自己走到洞那里去了。猫看见了那女人在挤牛奶，它嗅到了那温暖的牛奶的味道，它还看见了洞里的火光。

猫说："噢，野牛在哪儿呢？我的敌人和我敌人的妻子。"

那女人笑着说："从野林里出来的野物，你就回到你的森林去吧，因为我已编好辫子了，我还丢了那块魔骨，而且在我的洞里，我们既不再需要朋友，也不再需要仆从了。"

猫说："我既不是朋友，也不是什么仆从，我是我行我素的猫。而且我希望走进你的洞里看看。"

那女人说："那么你为什么不在第一天夜晚就同第一个朋友一起到这儿来呢？"

猫非常生气地说："野狗向你告了我的状了吗？"

那女人笑着说道："你说所有的地方对你来说都一样，你是个我行我素的猫，而且你既不是朋友又不是仆从，那么你就赶快滚开吧!"

　　然而那只猫假装遗憾地说："我应该永远不坐在那温暖的火堆旁吗？我应该永远不到你洞里来吗？我应该永远不喝那又温又白的奶汁吗？你很聪明又很漂亮，你不应该这么冷酷地对待一只猫的。"

　　那女人说："我知道我很聪明，但我不知道我漂亮。那么我和你订个合同吧。不管什么时候，如果我说一句夸奖你的话，你就可以走进洞里来。"

　　猫问道："可是如果你说两句夸奖我的话呢？"。

　　那女人说："我永远不会说夸奖你的话的，但是如果我说两句夸奖你的话，你就可以坐在洞内的火堆旁边。"

　　猫问道："可是如果你说三句夸奖我的话呢？"

　　那女人说："我是永远不会说的。但是如果我说三句夸奖你的话，你就可以永远永远地一天喝三杯白牛奶。"

　　那猫挺起腰来说："现在让洞后生的火，火旁边的奶锅和洞口上的帘子记住我那敌人和我敌人妻子所说的话吧。"于是那只猫摇晃着尾巴，穿过那潮湿的野林离开了。

　　那天晚上，当人、马、狗打猎回来时，那女人并没有把她和猫约定的合同告诉他们，因为她担心他们不同意这件事。

　　猫悄悄地走开了，并且很长一段时间他都隐藏在那潮湿的野林中，直到那女人把它忘得一干二净。只有那只小蝙蝠才知道猫藏在哪里，那只大头朝下倒挂在洞内的小蝙蝠，而且每天晚上蝙蝠都要带着洞里的最新消息飞到猫那里去。

　　有一天晚上，蝙蝠说："洞内有个小男孩儿，他长得水淋淋的，又小又胖，粉白粉白的，那女人对他很是宠爱。"

　　猫听了这话说："哈！那婴儿喜欢什么东西呢？"

　　蝙蝠说道："他喜欢的那些又软又使他快乐的东西。他喜欢那些能玩的东西。当他入睡时，他喜欢那些在他胳膊上搂着的东西。"

猫听了这话说："哈！那么我的时机来到了。"

第二天夜晚，猫藏在离那个洞穴非常近的地方，它一直藏到了清晨。那男人、狗、马去打猎了。那天早上那女人正忙着做饭呢，可是那婴儿哭得使她做不了饭。于是她就把婴儿抱到洞穴外面，给了他一把小石子玩。可那婴儿还是在哭叫着。

猫在婴儿的胖膝盖上蹭了蹭，并把猫尾巴放在了婴儿的胖下巴底下，逗他乐。接着那猫伸出它的爪子轻轻地拍着那婴儿的脸蛋，这时候那婴儿就咿咿呀呀地说了起来，乐了起来。那女人看见孩子乐她也微笑了。

这时那只倒挂在洞口的小蝙蝠说："噢，我的女主人，我主人儿子的母亲和我主人的妻子，这只野物是同你的孩子玩得最好的一个了。"

那女人直起腰来说："不管那野物是谁，我都要为它祝福。因为今早我是个忙人，而他帮了我的忙。"

那张尾巴朝下挂在洞上的记得那女人同猫订下的合同的干马皮帘子就在那女人说这话的一瞬间，嗯的一下掉了下来。当那女人走去捡那张马皮时——那只猫正舒舒服服地坐在了洞里面。

猫说道："噢，我的敌人和我敌人的母亲以及我敌人的妻子，这就是我猫啊，现在我可以永远永远地坐在你的洞里了，因为你刚才已经说了一句夸奖我的话。但是我仍然是个我行我素的猫，而且所有的地方对我来说都一模一样的。"

那个女人非常生气，她紧闭着嘴唇，拿起了纺车就开始纺线了。

那女人哄不好孩子，那婴儿又哭闹起来了，那小孩挥动着小手，踢蹬着小脚，哭得整个脸都变青了。

猫说道："噢，我的敌人，我敌人的母亲和我敌人的妻子，拿一股你纺的线，把线绑在你纺车的轮上，再把线团丢在地上吧，我给你表演一个能把你孩子逗笑的戏法，你好好看着啊。"

那女人说道："我会按照你说的做的，因为我已经精疲力竭了，但是我不会因为这个感谢你的。"

她把线团拖在了地上，并把线绑在那纺车土的小轴轮上。于是那只猫在线团后面跑着，用它的爪子抚弄着线团，打着向前滚翻着，又把线团从肩上向后扔了上去，又在两条后腿间追逐着那个线团，又假装把它丢了，然后再向它猛扑过去。直逗得那个婴儿一边跟在猫后爬着，一边笑着。洞内充满了小孩子的欢笑声，一直到那孩子玩累了，他才安稳下来，怀里抱着猫睡了。

猫说："现在，我要唱一支催眠曲了，这催眠曲能使孩子安安稳稳地睡上一小时。"于是猫开始发出咕噜咕噜的声音，这声音一会儿小，一会儿大，一会儿大，一会儿小，那个孩子很快就入睡了。那个女人看着他们俩的样子微微地笑了，并且说道："噢，猫，你做得妙极了。我认同，你很聪明。"

那洞后的大片大片蒙蒙的记得那个女人同猫约定的合同的烟火就在她说这话的那一瞬间从房顶上噗噗的飘落了下来。当烟消雾散时，那只猫正靠近在火旁舒舒服服的坐着。

猫说："噢，我的敌人，我敌人的母亲及我敌人的妻子，这就是我猫啊，因为你已经说了第二句夸奖我的话了，所以现在我可以永远地坐在你洞里温暖的火堆旁边了。但是我仍然是个我行我素的猫，而且所有的地方对我来说都是一模一样的。"

于是那女人把头发披散了下来，非常地生气。她往火里加着木柴。那个女人又拿出了那块羊肩胛骨来，开始变了魔术，来防止自己说出第三句夸奖猫的话。不久洞里就变得像夜晚一样寂静。一只小小的老鼠从墙角里爬了出来，满地的跑着。

猫说道："噢，我的敌人，我敌人的母亲及我敌人的妻子，那小老鼠是你用魔术变出来的吗？"

那女人说："完全不是的。"接着她丢下了那块骨头，跳上了火堆前的脚凳上，并很快地盘上了辫子，唯恐那老鼠会顺着头发爬上自己的身上来。

猫看了这情景说："哈！那么如果我把老鼠吃了，老鼠不会危害我吧？"

那女人盘上辫子说："不会的，快点把这只老鼠吃掉吧，那样的话我将会非常感谢你的。"

接着，猫就做了个跳跃动作捉住了那只小老鼠。那个女人激动地说道："猫！我真的万分感谢你，甚至连我的那第一个朋友也没有像你这么迅速地捉住一只小老鼠啊，你确实很聪明啊。"

就在她说这话的那一瞬间，那个放在火旁边的记得那女人同猫约定的合同的奶锅啪的一声裂成了两半。而当那个女人从凳子上跳下来的时候，那只猫把剩的温白牛奶全舐了个净光。

猫说道："噢，我的敌人，我敌人的母亲及我敌人的妻子，因为你说了第三句夸奖我的话，所以现在我可以永远永远地一天喝三遍温白的牛奶了。但我仍然是我行我素的猫，而且所有的地方对我来说都是一样的。"

那个女人给猫安放了一碗温白的牛奶，笑了笑，说道："噢，猫，你真像人一样的聪明。可是，你要记得你的合同不是跟男人或者狗订的，而且我不知道他们回到家后会做什么事情。"

猫说："那和我有什么关系呢？如果在洞里的火堆旁边有我的位置，而且我一天能喝三遍温白牛奶，我就不在乎男人和狗能做什么事。"

那天晚上，那个女人把全部事情告诉了男人和狗。当时那只猫正坐在火旁微微笑着。那男人说："是的，可是那只猫并没有和我或在我之后的所有的男人订过任何合同。"说完他脱下了他的皮靴子，并拿起他的小石斧子、一块木头及一把短柄斧。然后他把这些东西排成了一行。他说："现在，我们订一个合同，如果你永远永远地住在这里，却捉不着老鼠的话，那不管什么时候，只要我见到你，我都会向你扔这五件东西的。而且所有的男人都会跟着我做的。"

那女人听了这话说："哈，虽然这是一个非常非常聪明的猫，但是它还是没有我的男人聪明呢。"

那只猫数了数那些东西，说："当我住在这个洞里时，我会捕捉老鼠的。但是我仍然是个我行我素的猫，而且所有的地方对我来说都是一样的。"

那男人说："当我在跟前时，你不要说这样的话。如果你原来没有说最后的那句话，我可能会放下这些东西，可是现在，不管我什么时候见到你，我都要朝你扔我的那两只靴子和我的那把小石斧子，而且所有的男人都会跟着我这样做的。"

那狗说："等一会，它还没有和我或所有的狗订合同哪。"于是狗龇着牙说："如果你对婴儿表现不友好的话，我就会追赶你，把你抓着，而且到时候，我就会咬你的。而且所有的狗都会照着我这样做的。"

那女人听了这话说："哈！这是一个非常聪明的猫，但它还不如这只狗聪明呢。"

猫数了数狗看起来很尖利的牙齿，说："我在洞里的时候，只要不太使劲地拽我的尾巴的话，我会对小孩很友好的。但是我仍然是个我行我素的猫，而且所有的地方对我来说都是一模一样的。"

那只狗说："当我在你跟前的时候，你不要这样说话。如果你原来没有说最后的那句话，我会闭上我的嘴，可是不论什么时候，只要我遇见你，我都将会把你追赶到树上的。而且所有的狗都会照着我这样做的。"

后来那个男人把他的靴子和他的小石斧子全朝着猫扔去了。猫从洞内跑了出来，狗又把猫追上了树。就从那天一直到现在，人不管什么时候遇见猫，都永远会把那几样东西朝猫扔去。而所有的狗都会把猫追赶上树的。但是猫还是很守信的，而且当猫在屋内时，他都会尽全力捕杀老鼠，只要小孩子们不是那么狠地拽他的尾巴的话，它都会很和善地对待小孩的。当猫做完一整天的事情，月亮升起，夜幕降临前的黄昏时分，它就是个自由自在的猫了。而且所有的地方对它来说都是一模一样的。然后猫就走出来到那潮湿的野林中去，或者爬上屋顶，或者爬上阴暗的树木，它摇晃着尾巴，孤单单地走着。

兄弟情深

　　这是一个非常暖和的夜晚。狼爸爸在西奥尼山里睡了整整一天，醒来的时候已经是七点钟了。他搔了搔痒打了个呵欠，一只接一只把爪子舒展开来，好赶掉爪子尖上的睡意。狼妈妈还没起床，躺在那儿，她那灰色的大鼻子埋在她的四只狼崽子身上，狼崽子们滚来滚去叽叽尖叫着。月亮的光辉倾泻进了他们一家居住的山洞。狼爸爸说："噢呜！该去打猎了。"当他正要纵身跳下山去的时候，一个长着蓬松的大尾巴的小个子的身影遮住了洞口，用乞怜的声音说道："狼大王祝您走好运，愿您高贵的孩子们也走好运，长一副好白牙齿，这样他们就一辈子也不会忘记这世界上还有挨饿的动物。"

　　他是一只豺——专门舔吃残羹剩饭的塔巴克。印度的狼虽然都因他到处耍奸计，搬弄是非，在村里垃圾堆上找破布和烂皮子吃看不起塔巴克，但是他们也怕他。因为塔巴克比起丛林里任何一个生物来，都更容易犯疯病。他一犯病，就忘了他曾经是那么害怕别人。他会在森林里横冲直撞，遇见谁就咬谁。就算是老虎遇上小个子塔巴克犯疯病的时候，也会连忙躲起来。因为野兽们觉得最丢脸的事儿，就是犯疯病了。我们管这种病叫"狂犬病"，可是动物们管它叫做"狄沃尼"——也就是"疯病"，遇上了就赶紧逃开。

　　"好吧，进来瞧瞧吧，"狼爸爸板着脸说道："可是这儿也没什么吃的。"

"在你看来，的确是没有什么可吃的了。"塔巴克说："但是对于像我这么一个微不足道的家伙来说，一根干骨头就等于是一顿盛宴了。我们这些豺民，还有什么好挑剔的呢？"他一溜烟钻进洞的深处，在那里找到一块上面带点肉的公鹿骨头，坐下来美滋滋地啃起了残骨。

"多谢您的这顿美餐，"他舔着嘴唇说，"您家高贵的孩子们长得多漂亮呀，看他们的眼睛，多大呀！而且，这么年轻，就出落得这么英俊潇洒！说真的，我早就该知道，大王家的孩子，从小时候起就像男子汉了。"

其实，塔巴克心里完全明白，当面恭维别人的孩子是最忌讳的事。可他看见狼爸爸和狼妈妈一副不自在的样儿，心里得意的不得了。

塔巴克坐在那里，一动不动，为他干的坏事而高兴，接着他又不怀好意地说：

"大头领谢尔汗把狩猎场挪到了别的地方。从下个月开始他就要在这附近的山里打猎了。他是这样告诉我的。"

谢尔汗就是那只住在二十里外韦根加河畔的老虎。

"他没有那个权利！"狼爸爸气呼呼地开了口，"按照丛林的法律，他没有预先通知是改换不了场地的。他的到来会惊动方圆十里内的所有猎物。可是我……我最近一个人还得猎取双份的吃食呢。"

"他的母亲叫他'瘸腿'，不是没有缘故的。"狼妈妈从容不迫地说道："他一生下来一条腿就瘸了。所以他一直以来都只猎杀耕牛。现在韦根加河一带村子里的老百姓都被他惹得冒火了，他又到这儿来惹招我们这里的村民。他倒好，等他走得远远的，村民们准会到丛林里来搜捕他，还会点火烧茅草，害得我们无处藏身，只好离开这儿。哼，我们还真得谢谢谢尔汗！"

"要我代劳向他转达你们的感激之情吗？"塔巴克说道：

"滚！"狼爸爸怒喝道，"滚去和你的主子一块去打猎吧！这晚你干的坏事已经够多了。"

"我就走了，"塔巴克不慌不忙地说，"其实你们可以听到的，谢尔汗这会儿正在下面林子里走动着呢。不用我给你们来捎信。"

狼爸爸侧耳细听，他听见下面通往一条小河的河谷里一只气冲冲的老虎在发出单调、粗鲁的哼哼声。这只老虎什么也没有逮着，而且，哪怕全丛林都知道这一点，他也不在乎。

狼爸爸说："傻瓜！刚开始干活就这么吵吵嚷嚷！难道他以为我们这儿的公鹿都像他那些养得肥肥的韦根加小公牛一样蠢吗？"狼妈妈说："他今晚捕猎的不是小公牛，也不是公鹿，他捕猎的其实是人。"哼哼声突然变成了低沉震颤的呜呜声，仿佛来自四面八方。这种吼声经常会把附近露宿的樵夫和吉卜赛人吓得晕头转向，有时候也会使他们自己跑到老虎嘴里。

"人啊！"狼爸爸龇着满口大白牙说，"嘿！难道池塘里的甲壳虫和青蛙还不够他吃吗？他非得吃人不可？——而且还在我们的地盘上？"

丛林法律的每一条规定都是有原因的，丛林法律禁止任何野兽吃人，除非他是在教他的孩子如何捕杀猎物，就算是那样，他也必须在自己这个兽群或者是部落的捕猎场地以外的地方去捕猎。这条规定的真正原因在于：杀了人就意味着迟早要招来骑着大象、带着枪支的白人，和几百个手持铜锣、火箭和火把的棕褐色皮肤的人。那时候，住在丛林里的兽类就全部要遭殃了。而兽类对这条规定的解释是这样的：因为人是全生物中最软弱和最缺乏自卫能力的，去碰他们是不公正的。他们还说——说得一点也没有假意——吃了人的野兽的毛皮会长黄癣，牙齿也会脱落。

呜呜声愈来愈响，后来变成了老虎捕猎食物时一声洪亮的吼叫："噢呜！"

接着是一声哀号，一声缺乏虎气的哀号。"他没有抓住猎物，"狼妈妈说道，"怎么搞的？"

狼爸爸跑出去几步，听见谢尔汗在矮树丛里跌来撞去的，嘴里怒气也冲冲地嘟囔个不停。"这傻瓜竟然蠢到跳到一个樵夫的篝火堆上，把脚给烫伤了。"狼爸爸哼了一声说，"塔巴克跟他在一起。""有什么东西上来了，"狼妈妈的耳朵抽搐了一下，说道，"准备好。"

树丛的枝条簌簌地响了起来，狼爸爸蹲下身子，准备往上跳。你要是注意看他的话，你就可以看见世界上最了不起的事——狼在向空中一跃时，半道上就收住了脚。原来他没看清他要扑的目标就跳了起来，他设法止住自己。但结果是，他跳到了四五尺高的空中，可是又落在了他原来起跳的地方。

"人！"他猛地说道，"是人的小娃娃，瞧瞧！"

一个刚学会走路的小孩儿，全身赤裸，棕色的皮肤，握着一根低矮的枝条，正站在他面前。从来没有一个这么娇嫩露出笑靥的小生命，在夜色朦胧时候来到狼窝。他抬起头望着狼爸爸的脸笑了。

狼妈妈问道："那是人的小娃娃吗？我还从来没有见过呢。把他叼过来看看吧。"

狼是习惯用嘴叼他自己的小狼崽子的。如果有需要的话，他可以用嘴叼一只蛋而不会把它咬碎。狼爸爸咬住小娃娃的背部，把娃娃放在狼崽中间的时候，他的牙一点点也没有擦伤小娃娃的皮。

"多光溜呀！，还这么大胆！"狼妈妈柔声说道。小娃娃正往狼崽们中间挤过去，这样好靠近暖和的狼皮。"哎！你看他跟他们一块儿吃起来了。原来这就是人的孩子啊。你说，谁听说过一头狼的小崽子们中间会有个小娃娃呢？"

"我倒是听说过这样的事，可要说是发生在我们的狼群里的、或是在我这一辈子里的，那倒真是从来没有听说！"狼爸爸说道，"他身上一根毛也没有，我用脚一碰就能把他踢死，可是你看看，他抬头望着，一点也不害怕。"

因为谢尔汗方方的大脑袋和宽肩膀，洞口的月光被挡住了。塔巴克尖声尖气地在他身后叫嚷道："我的老爷，我的老爷，他是从这儿进去的。"

狼爸爸说："多谢谢尔汗赏脸光临。"可是狼爸爸的眼睛里充满了怒气。"谢尔汗想要什么吗？"

谢尔汗说："我想要我的猎物。有一个人娃娃冲这儿走来了，他的父母都跑掉了。你就把他给我吧。"

就像狼爸爸说的那样，刚才谢尔汗跳到了一个樵夫的篝火堆上，把脚给弄伤了，痛得他怒不可遏。但是狼爸爸清楚洞口很窄，老虎是进不来的。这会儿，谢尔汗的肩膀和前爪也已经挤得没法动弹了，人要是想在一只木桶里打架，就会尝到这种滋味的。

"狼是天生自由的动物，"狼爸爸说道，"他们只听从狼群头领的命令，不会随便听哪个身上带条纹、专宰杀牲口的家伙的话。这个人娃娃是我们的猎物——要是我们愿意杀它，我们自己会杀的，不用您劳驾。"

"什么？随你们意愿？那是什么话？用我杀死的公牛起誓，难道要我谢尔汗把鼻子伸进你们的狼窝来找回本来就属于我的东西吗？听着，这是我谢尔汗在说话！"

老虎的咆哮声像雷鸣一般，震动了整个山洞。狼妈妈放下崽子们跳上前来，她的眼睛直冲着谢尔汗闪闪发亮的眼睛，在黑暗里就像两个绿莹莹的月亮。

"这是我，是拉克夏（魔鬼）在回答。这个人娃娃是我的孩子，瘸鬼，——他是我的！我不允许任何人杀死他。我要让他活下来，跟狼群一起奔跑，一起猎食。瞧着吧，你这个猎取幼小孩子的禽兽，你这个吃青蛙的家伙，你这个杀鱼的家伙。你等着吧，总有一天，他会回来捕猎你的！你现在马上给我滚开，否则用我杀掉的大公鹿起誓（我可不吃挨饿的牲口），我会让你比你出世时瘸得更厉害地滚回你妈那儿去，你这丛林里挨火烧的野兽，滚开！"

　　狼爸爸惊异地呆望着狼妈妈。他几乎已经忘记了过去的那些时光。那时他是和五头狼决斗之后才得到了狼妈妈。她那时在狼群里被称做是"魔鬼"，那可完全不是开玩笑的。谢尔汗也许能和狼爸爸对着干，可是他却没法对付狼妈妈。他非常明白，在这儿，狼妈妈占据了有利的地形，而且一旦打起来，就一定要和他拼个你死我活才行。于是他低声咆哮着，退出了洞口，到了洞外，他便大声嚷嚷道：

　　"每条狗都只会在自己院子里汪汪叫，我们就等着瞧瞧，狼群会对收养孩子怎么说吧。这个娃娃是我的，总有一天他会落到我的牙缝里来的，哼，蓬松尾巴的贼！"

　　狼妈妈气喘吁吁地躺倒在了崽子们中间。狼爸爸认真地对狼妈妈说：

　　"谢尔汗说的倒是实话。小娃娃是一定要带去让狼群看看。你还是打算收留他吗，狼妈妈？"

　　"当然要收留他！"她气喘吁吁地说，"他是在黑夜里光着身子、饿着肚子、孤零零一个人来的；可是他一点不害怕！很勇敢！你瞧，他已经把我的一个小崽子挤到一边去了。那个瘸腿的屠夫会吃了他，然后逃到韦根加去。而村里的人会以为是我们吃了他，会把我们的窝都搜遍的！收留他？当然，我当然要收留他！好好躺着，不要动，小青蛙。噢，你这个莫格里——我就叫你青蛙莫格里吧。现在是谢尔汗捕猎你，将来总有一天会是你捕猎谢尔汗。"

　　"问题是我们的狼群会怎么说呢？"狼爸爸问道。

　　丛林的法律有十分明确地规定，任何一头狼结婚的时候，可以从他从属的狼群中退出；但是一旦他的崽子长大到能够站起来的时候，他就必须把他们带回到狼群大会上去，让他和别的狼认识。这样的大会一般是在每个月月圆时举行的。经过检阅之后，狼崽子们就可以自由自在地奔跑了。在崽子们第一次杀死一头公鹿之前，狼群里的成年狼是不被允许用任何借口杀死一头狼崽的。一旦抓到凶手，就会立即把他处死。只要略加思索，就可以明白其中的道理。就在举行狼群大会的晚上，狼爸爸带上他稍稍能跑点路的狼崽子们，以及莫格里，和狼妈妈，一同来到了会议岩。那是一个小山头，盖满了大大小小的石块和巨岩，在那里连一百头狼也藏得下。不论是力气还是智谋，都算得上是全狼群的首领的独身大灰狼阿克拉，这会儿他正直挺挺地躺在他的岩石上。在他下面蹲着四十多头大小不同、毛皮不同的狼，有长着獾色毛皮的，能单独杀死一只公鹿的老狼，还有自以为也能杀死一只公鹿的三岁年轻黑狼。孤狼率领他们已经有一年了。他在年轻的时候曾经两次掉进过捕狼的陷阱中，还有一次他被人狠狠地揍了一顿，被当作死狼扔在了一边；所以他很了解人们的风俗习惯。大家在会议岩上都很少吭声。狼崽们会在他们父母围着坐的圈子中间滚来滚去，互相打闹。时常会有一头老狼静悄悄地走到一头狼崽跟前，仔细地打量他，然后轻手轻脚地走回自己的座位。狼妈妈有时会把她的崽子往前推到月光下面，免得他被漏掉了。阿克拉在他那块岩石上喊道："大家都很清楚自己的法律。好好瞧瞧吧，狼群诸君！"

狼妈妈们也急忙跟着叫嚷："仔细瞧瞧啊——仔细瞧瞧啊，狼群诸君。"

最后，等时候到了，连狼妈妈颈脖上的鬃毛都竖了起来；狼爸爸把"青蛙莫格里"——他和狼妈妈两个是这样叫他的——推到了圈子中间。莫格里就坐在那里，一边笑着，一边玩着手上几颗在月光下闪烁发亮的鹅卵石。

阿克拉并没有把头从爪子上抬起来，他只是重复着那句单调的话："好好瞧瞧吧！"这时，岩石后面响起了一声瓮声瓮气的咆哮，那是谢尔汗在大声地叫嚷："那崽子是我的。把他还给我！自由的兽民要一个人娃娃能干什么？"阿克拉听了连耳朵也没有抖动一下，只是说着："好好瞧瞧吧，狼群诸君！自由的兽民只听从自由的兽民的命令，其他什么命令都不听。好好瞧瞧吧！"

四周响起了一片低沉的嗥叫声，一头四岁的年轻狼开始用谢尔汗的问题责问阿克拉："自由的兽民要一个人娃娃能干什么？"丛林的法律有明确的规定：如果狼群对于某个崽子被接纳的问题发生了争议，那么，除了他的爸爸妈妈，最少得有两个狼群成员为他说话，他才能被接纳入狼群。

"谁来为这个娃娃说说话？"阿克拉问，"自由的兽民里有谁站出来说话？"没有人回答。狼妈妈已经做好了战斗的准备，她知道，如果事情发展到非得搏斗的话，这将会是她这辈子最后一次战斗。

这时，巴卢，它是唯一被允许参加狼群大会的异类动物，用后脚直立起来，咕哝着说话了。他是只专门教小狼崽们丛林法律的老打瞌睡的褐熊。因为他只吃坚果、植物块根和蜂蜜，所以老巴卢可以随意自由来去。

"人娃娃——人娃娃？"他说道："我来替人娃娃说话。人娃娃谁也伤不着。我笨嘴拙舌，不会说话，但是我说的全都是实话。让他跟狼群一起奔跑好吧，让他跟其他狼崽子一块吧。我会教他的。"

这时，浑身是黑皮毛的黑豹巴希拉跳进了圈子里，它的皮毛在亮光下面显出波纹绸一般的豹斑。大伙都认识巴希拉，谁也不愿意招惹他；因为他狡猾的像塔巴克，凶猛的像野水牛，而且还像受伤的大象那样不顾死活。可是他的嗓音却像树上滴下的蜂蜜一样那么甜润，他的皮毛比绒毛还要柔软。

"噢，阿克拉，诸位自由的兽民，"他用愉快的声音说道，"我知道我没有权利参加你们的大会，但是丛林的法律有规定，如果对于处理一个新的崽子有了疑问，而还不到把他杀死的地步的话，那么这个崽子的性命是可以用一笔价钱换的。法律并没有规定谁有权买，谁没有权买。我说的话对吗？诸位自由的兽民。"

"好哇！好哇！"那些经常饿肚子的年轻狼大声喊道，"让巴希拉说吧。这崽子是可以用钱换的。这是法律。"

"我知道我在这儿没有发言权，所以我请你们准许让我说说看。"

"说吧，说吧。"几十条嗓子齐声喊了起来。"杀死一个赤裸裸的娃娃是可耻的。何况他长大了也许会给你们捕猎更多的猎物。巴卢已经为他说话了。现在，除了巴卢的话，我准备再加上一头公牛，就在离这儿不到半里的地方，是刚刚杀死的肥肥的大公牛，只要你们按照法律规定接受这个人娃娃的话。怎么样，这事难办吗？"

几十条嗓子乱哄哄地嚷嚷道，"有什么关系呢？他会被冬天的雨淋死的，他会被太阳烤焦的。一只光着身子的青蛙会给我们带来什么损害呢？让他跟狼群一起奔跑吧。公牛在哪里，巴希拉，我们接纳他。"接着，响起了阿克拉低沉的声音，"好好瞧瞧吧——好好瞧瞧吧，狼群诸君！"

莫格里还在一心一意地玩着鹅卵石，他一点也没留意到一只接着一只的狼跑过来仔细端详他后全都下山去找那头死公牛去了。现在只剩下阿克拉、巴希拉、巴卢和莫格里。自己家的狼？谢尔汗仍然在黑夜里不停地咆哮着。他因没有把莫格里交给他而十分恼怒。

"哼，你就吼个痛快吧！"巴希拉低声说道，"总有一天，这个赤裸裸的家伙会让你换一个调门号叫的，否则就是我对人的事情一窍不通了。"

"这件事办得非常不错，"阿克拉说道，"人和他们的孩子是很聪明的。到时候他很可能会成为我们的帮手。"

"不错，到急需的时候，真希望他真能成个帮手。因为谁都不能永远当狼群的头领。"巴希拉说。

阿克拉并没有回答他的话。他在想，每个兽群的领袖都会有年老体衰的时候，他会愈来愈衰弱，直到最后被强壮的狼群杀死，于是会出现一个新的头领。然后，新的头领又会被杀死。

"带他回去吧，"阿克拉对狼爸爸说，"把他训练成一个合格的自由兽民。"

就这样，莫格里凭着一头公牛的代价和巴卢的话被接纳进了西奥尼的狼群。

现在，我请你跳过十年或者十一年的时间，去猜想一下这些年里莫格里在狼群中度过的美好生活。因为要是把这段生活全都写出来的话，那就得写好几本书了。他是和狼崽们一起成长的。当然，在他还是孩子的时候，他们就已经是成年的狼了。狼爸爸教他各种本领，让他熟悉丛林里一切事物。直到草儿的每一声响动，夜间的每一阵风，猫头鹰的每一声啼叫，蝙蝠脚爪的抓搔声，和一条小鱼跳跃发出的溅水声，莫格里都能明明白白地分辨清楚，就像商人对他办公室里的事务一样熟悉。莫格里在不学本领的时候，就在阳光底下睡觉，吃饭，吃完又接着睡。当他觉得身上脏了或者热了的时候，他就跳进旁边的池塘去游泳。当他想吃蜂蜜的时候（是巴卢告诉他，蜂蜜和坚果跟生肉一样美味可口的），他就爬上树去取。是巴希拉教他怎么取蜜的。每次巴希拉会躺在一根树枝上，叫道："来吧，小兄弟。"起初，莫格里像只懒熊一样死死搂住树枝不放，但到后来，他已经能在树枝间攀缘跳跃，像灰人猿一样大胆了。狼群开大会的时候，他也一同参加。他发现一件有趣的事情，就是如果他死死地盯着某一头狼看，那头狼就会被迫低垂眼睛，所以他常常会紧盯着他们，以此取乐。有时候他会帮他的朋友们从他们脚掌心里拔出长长的刺，因为扎在狼的毛皮里的刺和尖石头碴等东西常使他们非常痛苦。黑夜里他就下山走进耕地，好奇地看着小屋里的村民们。但是他不相信人，因为有次他差点儿走进了一只在丛林里隐蔽得非常巧妙的装着活门的方闸子里，除非巴希拉没有指给他看，巴希拉说：那是陷阱。他最喜欢和巴希拉一起进幽暗温暖的丛林深处，懒洋洋地睡上一整天，晚上再看巴希拉怎么捕猎。当巴希拉饿了的时候，见什么猎物就杀什么，莫格里也是和他一样的，但只有一种猎物他们是不杀的，莫格里在刚刚懂事的时候，巴希拉就告诉他，永远不要去碰牛。因为他是用一头公牛作为代价加入狼群的。"整个丛林都是你的！"巴希拉说，"只要你有气力，随便你杀什么都可以，不过看在那头赎买过你的公牛份上，你绝不能杀死或吃掉任何一头牛，不管它是小牛还是老牛。这是丛林的法律。"莫格里也诚心实意地服从了巴希拉的话。

　　于是，莫格里就像别的男孩一样迅速地长大了，他还不知道他正在学很多东西。他活在世上，除了吃的东西，不用为别的事操心。

　　狼妈妈有一回曾经对他说过，一定要提防谢尔汗这家伙，总有一天他一定得杀掉谢尔汗那个家伙；尽管一只年轻的狼会时时刻刻记住母亲的忠告，但是莫格里却把它忘了，因为他毕竟只不过是个小男孩而已。不过，要是他会说任何一种语言的话，他会把自己叫做狼的。他在丛林里常常遇见谢尔汗。因为随着阿克拉越来越衰弱，瘸腿老虎就和狼群里年轻的狼交上了好朋友。他们会跟在他后面，吃他剩下的食物。如果阿克拉严格地执行他的职权的话，他们这么做是绝不会被允许的。而且，谢尔汗还吹捧他们，说他感到奇怪，为什么像你们这么出色的年轻猎手怎么会心甘情愿让一头垂死的狼和一个人娃娃来当他们的领导。谢尔汗还说："我还听说你们在大会上都不敢直视他。"年轻的狼听了都被气得皮毛竖立、咆哮起来。

　　巴希拉的消息十分灵通。这些事情他也知道一点，还有一两回他十分明确地告诉过莫格里，总有一天谢尔汗会杀死他的；莫格里听了后总是笑笑，回答说："我有狼群，有你；还有巴卢，虽然他懒得很，但也会助我一臂之力的。我还有什么可害怕的呢?"

巴希拉有了一个新的想法,在一个非常暖和的日子里,也许是从他听到的一件事中想起的,也许是豪猪伊基告诉他的。当他和莫格里来到丛林深处时,莫格里头枕着巴希拉漂亮的黑豹皮躺在那里,他对莫格里说:"小兄弟,我对你说谢尔汗是你的敌人,说过有多少次了?你记得吗?"

"我想你说过的次数跟那棵棕榈树上的硬果一样多,"莫格里回答道,"什么事啊?我困了,巴希拉。谢尔汗不就是个尾巴长、爱吹牛,跟孔雀莫奥一个样的瘸腿老虎吗?""可现在不是你睡大觉的时候。这事儿巴卢知道;狼群知道;我知道;就连那傻得要命的鹿也知道。塔巴克也告诉过你了吧。"

"哈哈!"莫格里说,"前不久塔巴克来找过我,他毫没礼貌地说我是个赤身露体的人娃娃,不配去挖花生;所以我一把拎起塔巴克的尾巴朝棕榈树上甩了两下,好好教训了他一下,让他放规矩点。"

"你可干了件蠢事啊,塔巴克虽然说是个捣鬼的家伙,但是他可以告诉你一些和你有很大关系的事情。把眼睛睁大些,小兄弟。虽然现在谢尔汗不敢在森林里杀你,但是你要记住,阿克拉已经老了,他没法杀死公鹿的日子很快就快到来了。那时他就当不了头领了。当你第一次被带到大会上的时候,那些替你说过话的狼也都老了。而那帮年轻的狼都听了谢尔汗的话,都认为狼群里没有人娃娃的地位。不久,你也就长大成人了。""长大成人又怎么啦,难道长大了就不能和我的兄弟们一块奔跑吗?"莫格里说,"我生在丛林,长在丛林。我一向都遵守丛林的法律。我们狼群里不管是哪只狼,我都帮他拔出过爪子上的刺。不用说什么,他们当然都是我的兄弟啦!"

巴希拉伸直了身体,眯上了眼睛。他说:"小兄弟,摸摸我的下巴颏。"

　　莫格里伸出他棕色的手，摸了摸巴希拉的下巴颏，在巴希拉光滑的下巴底下，在遮住几大片肌肉的厚厚毛皮里，有一小块光秃秃的地方。

　　"在丛林里任何人都不知道我的身上还有这个记号——戴过颈圈的记号；小兄弟，其实我是在人群中间出生的。我的母亲也是死在人群中的，死在奥德普尔王宫的笼子里：也就是因为这个缘故，当你还是一个小崽子的时候，我在大会上为你付了那笔钱。是啊，我也是在人群中出生的。我那时候从没有见过森林。他们把我关在铁栏杆后面，每天用一只铁盘子喂我。直到有天晚上，我意识到我是黑豹巴希拉，不是什么人的玩物。我就用爪子一下子砸开了那把锁，离开了那儿；正因为我懂得人的那一套，所以我才在森林中比谢尔汗更加可怕。你说是不是呢？"

　　"是啊！"莫格里说，"森林里谁都怕你。但只有我不怕你。""咳，你呀，你是人的小娃娃，"黑豹温柔地说，"就像我终归回到森林来一样，如果当初你在大会上没有被杀死的话，你最后也一定会回到人群中去的，回到你的兄弟们身边去的。"

　　"可是为什么呢？为什么他们想杀死我？"莫格里问道。

　　"望着我。"巴希拉说；莫格里死死地盯住了他的眼睛。只过了半分钟，大黑豹就把脑袋掉开了。

　　"原因就在这里！"他挪动爪子说，"就连我也没法用眼正面瞧你的眼睛，我还是在人群中间出生的呢，而且我还是爱你的，小兄弟，别的动物恨你，那正是因为他们不敢正面瞧着你的眼睛，因为你聪明，因为你替他们挑出脚上的刺，更因为你是人。"

　　"我原来是一点也不懂这些事情的。"莫格里紧锁起两道浓黑的眉毛，愠怒地说。

　　"什么是丛林的法律？就是先动手再出声儿。他们正是因为你大大咧咧，才看出你是人。你可得放聪明点啊。我心里倒是有数，现在每一次打猎阿克拉也要费很大的劲才能逮住一头公鹿。如果哪一次阿克拉没有逮住猎物的话，狼群就会起来反对他和你了。他们就会在会议岩那儿召开丛林大会，那时……那时……有了！"巴希拉激动地跳起来说道："你快下山到山谷里人住的小屋里，取一点他们种在那儿的红花来。那样，到时候你就会有一个比我、比巴卢、比狼群里爱你的那些伙伴们，比任何动物都更有力量的朋友了。快去取来红花吧！"

事实上巴希拉所说的红花，指的是火。但是丛林里的动物都不知道它的名字叫火。所有的动物都非常怕火，于是他们创造了上百种方式来描绘它。

"红花？"莫格里说，"那不是傍晚时在他们的小屋外面开的花吗？那我去取一点回来。"

"这才像人娃娃说的话，"巴希拉骄傲地说，"它是种在小盆里的。快去拿一盆来，把它放在你身边，在你需要的时候就用它。""好！"莫格里说，"我这就去取。不过，你有把握吗？呵呵，我亲爱的巴希拉。"他伸出胳膊抱住巴希拉漂亮伸长的脖子，深深地盯着他的眼睛，"你有把握肯定这一切全都是谢尔汗挑动起来的吗？"

"用我得到自由的那把砸开的锁起誓，我敢肯定是谢尔汗干的，小兄弟。""好吧，用赎买我的那头公牛发誓，我一定要跟这个谢尔汗算总账。或者还要多算一点呢。"莫格里说；于是他欢快地跑开了。

"这样才是人呢，完完全全是个大人了啊。"巴希拉自言自语地说着，又躺了下来。"哼，谢尔汗呀，谢尔汗啊，从来没有哪次打猎，是比你在十年前捕猎青蛙那回更不吉利的了！"

莫格里已经穿过森林了。他飞快地奔跑着，心情是急切的。傍晚的薄雾升起时，他已到狼穴了。他喘了口气，向山谷下面望去，狼崽们都出去了。可是狼妈妈待在山洞顶里面。狼妈妈一听喘气声就知道她的青蛙在为什么事儿发愁了。

"怎么啦，儿子？"

"是谢尔汗跟别人胡扯了些蠢话，"他回头说道，"我今晚要到耕地那儿去打猎。"他穿过灌木丛，跳到下面山谷底的一条河边。他在那里停住了，因为他听见狼群狩猎的喊叫声，听见了一头被追赶的大公鹿的吼叫，和他的喘息。然后就是一群年轻狼发出的不怀好意的刻薄嚷叫声："阿克拉！阿克拉！让孤狼来显显威风吧，给狼群的头领让开道，跳吧，阿克拉！"

孤狼准是跳了，但却没有逮住猎物。因为莫格里听到了他的牙齿咬了一个空的声音和大公鹿用前蹄把他蹬翻在地时他发出的一声疼痛的叫唤。他听不下去了，只顾往前赶路。当他跑到村民居住的耕地那儿时，背后的叫喊声渐渐远远了。

"巴希拉说的对极了，"他在一间小屋窗户外面堆的饲草上舒舒服服地躺下，喘了口气说，"明天，对于阿克拉和我都是个重要的日子啊。"

他把脸紧紧贴近窗子，瞅着炉子里的火。夜里，他看见农夫的妻子起来往火里添上了一块块黑黑的东西；到了早晨，降了白茫茫的大雾，寒气逼人。他又看见那个男人的孩子拿起一个里面抹了泥的柳条罐儿，往里面添上烧得通红的木炭，然后把它塞在自己披的毯子下面，就出去照顾牛栏里的母牛去了。

"原来是这么简单啊！"莫格里说，"如果一个小崽子都能用这东西，那我又有什么可怕的呢。"于是他迈开大步转过屋角，冲着男孩子走过去，从他手里夺过罐儿，飞快地跑了。当男孩儿吓得大哭起来的时候，他已经消失在雾中了。

"他们长得倒挺像我！"莫格里一面吹着火，就像刚才他看见女人做的样子那样，一面说，"这玩意儿就会死的，要是我不喂点东西给它吃的话。"于是他扔了些树枝和干树皮在这上面。他在山腰上遇见了巴希拉，清晨的露珠在他的皮毛上闪闪发光。

"这次阿克拉没有抓住猎物，"黑豹说，"他们本来想昨晚就杀死他的，可是他们想把你一块杀死，所以直到现在他们还没动手呢。刚才他们还在山上找你呢。"

"我到耕地那里去取红花了，已经准备好了。瞧！"莫格里举起了装火的罐子。

"好！我见过人们把一根干树枝扔进那玩意儿里去，一会儿，干树枝的一头就会开出红花来。你不怕吗？"

"我不怕，有什么好怕的？噢，我想起来了——不知道这是不是一场梦——我记得我变成狼之前，经常躺在红花旁边，那儿既暖和又舒服。"

那天莫格里一整天都坐在狼穴里照料火罐儿，把一根根干树枝放进火罐里，再看它们烧起来的样子。他找到了一根使他非常满意的树枝。到了晚上，当塔巴克来到狼洞，毫不客气地通知他去会议岩开大会的时候，他就开始放声大笑，吓得塔巴克赶紧逃开。接着，莫格里仍然不住地大笑着来到了大会上。

孤狼阿克拉没有躺在他那块岩石上，而是躺在了岩石的旁边，以表示狼群首领的位置正空着。谢尔汗和那些追随他、吃他的残羹剩饭的年轻狼大摇大摆地走来走去，一副得意洋洋的神气。那只火罐夹在莫格里的两膝间，巴希拉紧挨莫格里躺着。等狼群到齐以后，谢尔汗就开始发言了，——在阿克拉正当年轻有力的时候，他是从来不敢这么做的。

巴希拉悄声地说道："他没有这样的权利，你来说吧。他就是个狗崽子。他会被吓坏了的。"

莫格里跳了起来，喊道："自由的兽民们，难道是谢尔汗在率领狼群吗？我们选头领和一只瘸腿老虎有关系吗？"

"由于头领的位置空着，我又被请来发言……"谢尔汗开口说道，"是谁请你来的呀？"莫格里说："难道我们全都是豺狗，非得想着法子讨好你这只宰杀耕牛的屠夫不可吗？只有我们狼群才能决定谁当狼群的头领。"

这时响起了一片叫嚷声。"住嘴，你这人崽子！""让他发言，他一向是遵守我们丛林法律的。"最后，几头年长的狼吼道："让'死狼'说话吧。"当狼群的头领没有能杀死他的猎物时，就会被叫做"死狼"，尽管他还活着，通常这只狼也是活不了很久的。阿克拉疲乏地抬起了他衰老的头："自由的丛林兽民们，还有你们这些谢尔汗的豺狗们，在我当头领的时候，我带领你们去打猎，又带领你们回来在这么多季节中，从来没有一只狼落进陷阱或者受伤残废过。这次我没有逮住猎物。你们心里明白这是谁设的圈套。是你们故意把我引到一头精力旺盛的公鹿那儿让我出丑。干得真是聪明哇。现在你们有权利在会议岩上杀死我。但是，由谁来结束我这条孤狼的生命呢？根据丛林的法律规定我有权利让你们一个一个地上来和我打。"四周一片沉默。每一只狼都不愿意独自去和阿克拉作决死的战斗。于是谢尔汗咆哮起来："呸！我们何必理这个老掉了牙的傻瓜？他反正迟早是要死的。倒是那个人崽子活得太久了。自由的兽民们，他原本就是我嘴里的肉。我要把他带走，我对这种既是人又是狼的荒唐事儿早就烦透了。他已经十个季节在丛林里惹麻烦了。不把人崽子给我，我就不走了。我要老在这里打猎的话，连一根骨头都不给你们剩下。他是一个赤裸裸的人，是个人崽子，我恨他已经到了骨头缝里了！"接着，狼群里一半以上的狼都叫嚷了起来："一个人跟我们有什么关系？让他回他自己的地方去！"

"等着让他招来所有村里的人来反对我们吗？"谢尔汗咆哮道，"不行，把他给我。他是个人，我们谁都不敢正眼盯着他眼睛瞧。"阿克拉抬起头说道：他跟我们一块儿吃食，一块儿睡觉，一起奔跑。他帮我们把猎物赶过来。而且他并没有违反丛林的法律。""还有，当初狼群接受他的时候，我为他曾经付出过一头公牛。一头公牛倒不值什么，但是我巴希拉的荣誉可不是件小事！说不定他会为了荣誉斗一场。"巴希拉用他最温柔的嗓音说道："为了一头十年前付出的公牛？"狼群咆哮道："我们才不管着十年前的牛骨头呢！"

"那么十年前的誓言还算吗？"巴希拉说道。他掀起嘴唇，露出了白牙："怪不得你们叫"自由的兽民"呢！"

"人崽子和丛林的兽民是不能一起生活的！"谢尔汗号叫道，"把他给我！"

"虽说他和我们血统不同，但却也是我们的兄弟，"阿克拉说了起来，"可是你们却想在这儿杀掉他！说实在的，我确实是活得太长时间了。你们中间，有吃了牲口的狼；我还听说，有一些狼在谢尔汗的教唆下，黑夜到村民家中去叼走小孩子。所以我知道你们是胆小鬼，我是在对你们这些胆小鬼说话。我知道，我肯定是要死的，我的命也值不了什么，不然的话，我就会替人崽儿献出自己的生命。可是为了狼群的荣誉，因为这件小事，你们却没了首领，好像已经把它忘掉了——我答应你们，如果你们肯让这个人崽儿回到他自己的地方去，那么，我答应你们，等我的死期到来的时候，我保证连牙都不对你们龇一下，直到让你们把我咬死。那样，狼群里至少有三头狼可以免于一死。我能做的就只这一点；别的就无能为力了；可是你们如果按照我说的做，我就能使你们不至于为了杀害一个没有过错的、只是按照丛林法律生活的兄弟而丢脸，况且他是有人替他说话，并且付了代价赎买进狼群来的。"

"他是一个人———一个人———一个人！"狼群咆哮道；大多数的狼开始聚集在晃动着尾巴的谢尔汗周围。

"现在就看你的了！"巴希拉对莫格里说道，"我们除了打以外已经没有别的办法了。"

莫格里双手捧着火罐，直挺挺地站在那里。接着他伸直了胳臂打了个大呵欠；因为那些狼的狡猾，他心里充满了愤怒和忧伤，那些狼从没对他说过他们是多么恨他。"你们好好听着！"他喊道，"你们不用闹个没完没了。今天晚上你们反复地说我是一个人（其实，如果你们不说的话，我倒真愿意和你们在一起，一辈子做一只狼）。我觉得你们说得很对。从今以后，我再也不会把你们叫做我的兄弟了，我要像人做的那样，叫你们狗。你们想干什么不想干什么，可就由不得你们了。这事全由我来决定。为了方便你们把事情看得更清楚些，我，作为人，带来了你们这些狗畏惧的一小罐红花。"他把火罐扔到了地上。一簇干苔藓被几块烧红的炭块点着了，一下子烧了起来。全场的狼在炽热的火罐面前，都在惊慌地向后退缩。

莫格里把他那根枯树枝插进了火里，直到枝条劈劈啪啪地烧了起来。他举起树枝在头顶上摇晃，周围的狼全都吓得战战兢兢。

"你现在已经是征服者了！"巴希拉压低了嗓门说道，"救救孤狼阿克拉的命吧。他一向是你的好朋友。"

一辈子从来没有向谁低过头的老狼阿克拉，也在用乞怜的眼神看着莫格里。莫格里站在那里，一头长发披在他的肩后，映照在熊熊燃烧的树枝的火光下，随着火光跳动、颤抖。

"好！"莫格里不慌不忙地环视了四周说，"我看的出来你们的确是狗。我要离开你们，到我自己人那里去。如果他们是我的自己人的话。丛林就再也容不下我了，我必须忘记和你们的约定和友谊；但是我比你们仁慈。除了血统以外，我也算得上是你们的兄弟。所以，我答应你们，当我回到人群里，成了一个真正的人以后，我绝不会像你们出卖我那样，把你们出卖给别人。"他用脚踢了一下火，火星迸了出来。"我们人是绝对不会和狼群交战的。可是我离开之前，还有一笔账要清算。"他走到对着火焰眨巴眼睛的谢尔汗身边，用力地抓起了他下巴上的一簇虎须。巴希拉紧跟在莫格里身后，以防有什么不测。"站起来，你这个狗！"莫格里喝道，"当人在说话的时候，你必须站起来，不然的话我就把你身上的皮毛全都烧掉！"

因为熊熊燃烧的树枝离他很近，谢尔汗的两只耳朵乖乖地贴在脑袋上，连眼睛也闭上了。

"这个专门吃牛的屠夫曾经说，因为小时候他没有杀死我，他要在大会上杀我。那么，现在瞧一瞧吧。吃我一记，再吃我一记。你记住，我们人打狗就是这样打的。你敢动一根胡子，我就把红花塞进你喉咙里去！"他抄起树枝抽打着谢尔汗的脑袋，谢尔汗被折磨得呜呜地哀叫。

"呸，燎掉了毛的丛林野猫全给我滚开，可是你们要记住，下一次，当我作为人来会到会议岩的时候，我的头上一定会披着谢尔汗的皮。至于其他的事嘛，阿克拉可以随便到哪里去自由地生活。我不允许你们杀他。我也不愿看见你们伸着舌头再坐在这儿，好像你们是多么了不起的家伙，不是我想撵走的一群狗，瞧，就这样撵！滚吧！"树枝顶端的火焰燃烧得更加旺盛了。莫格里拿着树枝左右挥舞了起来，火星点燃了狼的毛皮，他们号叫着逃跑了。最后，只剩下阿克拉、巴希拉，还有站在莫格里一边的十几只狼。莫格里的心突然痛了起来，他还未曾这么痛苦过。哽噎了一下，便抽泣起来，泪珠湿润了他的面颊。

"这是怎么回事？"他问道，"我不愿意离开丛林，我也不知道这是怎么了。我要死了吗，巴希拉？"

"不会的，小兄弟。这只不过是人常常流的眼泪罢了。"巴希拉说，"现在我看出你不再是个人娃娃了，你已经是个大人。从今以后，丛林再也容不下你了！莫格里，让眼泪往下淌吧，这只不过是泪水。"于是莫格里坐了下来，放声痛哭了起来，好像心都快碎了似的。他从生下来还从来没有像这样哭过呢。

"好吧！"他说，"我跟妈妈告别后，就要到人那里去了。"他来到狼妈妈和狼爸爸住的洞穴，趴在狼妈妈身上痛哭了一场，四个小狼崽儿也一块哭嚎了起来。

"你们会忘掉我吗?"莫格里问道。

"只要能嗅到你的足迹,我们是绝不会忘掉你的,"狼崽们说,"你做了人以后,可要常常来啊,我们可以在山脚底下和你谈天;我们还会在夜里到庄稼地里去找你。"

"快点来吧,"狼爸爸说,"聪明的小青蛙,快点再来啊,我和你妈妈已经都上了年纪了。"

"快点来吧,"狼妈妈说,"听我说,我的小儿子、我的人娃娃,我疼爱你比疼我的狼崽们更狠呢。"

"我一定会回来的!"莫格里说,"下次我来的时候,一定会把谢尔汗的皮铺在会议岩上的。别忘了我!告诉丛林的伙伴们,永远别忘了我!"

天即将破晓。莫格里独自走下山坡,去会见那些被叫做人的神秘动物。

海豹的故事

　　啊，我的宝宝，不要闹，我们背后是黑夜，漆黑的海水泛着墨绿的光芒。滚滚的波涛上面，月亮正在低头看着我们在絮絮低语。一个接一个拍打的浪花，是你柔软的枕头；啊，我带鳍的小人儿疲倦了，舒舒服服地蜷起身子睡觉吧！风暴是不会吵醒你的，鲨鱼是不会追赶你的，在波浪起伏的大海怀抱里酣睡吧。

　　所有这一切都是几年前在一个叫诺瓦斯托西纳的地方发生的。诺瓦斯托西纳又叫做东北岬，坐落在白令海那边圣保罗岛上。这个故事是一只冬鹡鹬告诉我们的，他的名字叫利默欣。有一次他被风刮到了一只驶往日本的轮船上，他被我救了下来，然后我把它带回了我的船舱，让他暖和了过来，又喂养了他两天，直到他有力气飞回圣保罗岛为止。利默欣虽是一只非常古怪的小鸟，但是他知道讲真话。

　　人们除非有事情要办，否则是不会来到诺瓦斯托西纳的，在那里经常有事情要办的是海豹。夏天，几十万只海豹会从寒冷的大海来到这里；因为世界上最适合海豹居住的地方是诺瓦斯托西纳海滩。

　　作为海豹，西卡奇也知道这一点。因此每年一到春天，不管他在什么地方，——他总是要游向诺瓦斯托西纳，并且总是花费一个多月的时间和他的同伴们打架来夺取一块离海最近的岩石上面的好地盘。今年西卡奇已经15岁了，他是一头肩胛上的鬃毛又长又密巨大的灰色海豹，他还有长长的恶狠狠的犬牙。当他用前肢支撑着站直了的时候，离地足足有四米多高，他的体重——假设有人胆敢去称他的体重的话——大约是七百磅。他浑身上下全是伤疤，全都是多次恶战所留下的痕迹，可是他还是跃跃欲试，随时准备着进行一次新的战斗。和别人交战的时候，他故意常常歪着头，仿佛他不敢正眼瞧他们；接着他就会发起闪电般的袭击，他会狠狠咬住另一个海豹的脖子，那头海豹也许会想逃命，但是西卡奇是决不会轻易放开他们的。

因为有霍卢斯契基，西卡奇从来没有追过一头打败了的海豹：海豹们打架斗殴，混战一场；咩咩地叫着爬来爬去；再一块做游戏——成群结队地爬进海里，又爬出海面；一眼望去，海滩上全是海豹，密密麻麻的；他们透过雾气，分成小队出发去进行战斗。在诺瓦斯托西纳，几乎整天都下着雾，但是一旦太阳出来，霎时间这一切就都显得熠熠发光、五彩缤纷。

玛特卡的婴儿柯蒂克就是诞生在这片混乱之中的。和所有的小海豹一样，柯蒂克的头部和肩部显得特别大，他的眼睛是水汪汪的浅蓝色；但是有一点，他的皮毛却有点儿特别，使得他的母亲不禁非常仔细地瞧着她的孩子。

她终于说道："西卡奇，我的宝宝将来会长成白色的海豹。"

西卡奇喷着鼻息说："胡说八道！世界上根本就没有白色的海豹。"

玛特卡说："那我可没有办法，反正从今以后就会有的。"于是她低声唱起了海豹歌谣，所有的海豹妈妈都是这样对她们的宝宝唱的。没长够六个星期，你是不能去游泳的，不然你就会沉到水底；夏天的风暴和那逆戟鲸都是海豹娃娃的死对头。亲爱的小耗子，是最凶最凶的死对头；但是，我的孩子玩水吧，长得壮壮的吧，那样你就会万事如意，大海的孩子啊！

这个小家伙一开始听不懂这些话。他就挨在母亲身边，划动这前鳍，爬来爬去的，他懂得每当父亲和别的海豹打起架来，吼叫着在岩石上边滚上滚下的时候，他就爬到父亲旁边去。玛特卡常常到海里去找食物吃，到了两天才喂一次孩子，但是每次喂他的时候他总是放开肚皮饱餐一顿，所以西卡奇长得倒也很壮实。西卡奇自己做的第一件事是朝着内陆爬去，他在那里看见了大约几万只和自己一样大的小海豹，他们在一块玩耍，在干净的沙子上一起睡觉，睡醒了就接着玩。呆在海豹窝的老海豹们又不理睬他们，那些霍卢斯契基们只在是自己那块地盘上玩，小海豹娃娃们自个儿玩得可痛快啦。玛特卡从深海捕鱼回来就立刻来到游戏场。叫唤起来，直到听见柯蒂克的咩咩声为止。然后她就笔直向他的孩子走过去，用前鳍打开一条路，把小海豹们左右掀翻在地。在游戏场上，总是有几百只海豹妈妈在找自己的孩子，所以娃娃们也老是不得安宁。但是玛特卡是这样告诉柯蒂克的："只要你不躺在泥水里面，把皮毛弄得癫巴巴的，也不把硬沙子揉进划破的伤口里面去，也不在大风大浪里游泳，这儿就没有什么能够伤害你的了。"小海豹跟小娃娃一样，他们是不会游泳的。但是只要还没有学会游泳，他们心里就老痒痒的。柯蒂克头一次下海，浪头就把他卷进了没顶的深水里了，他的大脑袋沉了下去，他小小的后鳍翘了起来，正像他妈妈在那首歌谣里对他讲的那样。如果要不是第二个浪头又把他打了回来的话，他一定会在那里淹死的。从那次以后，他就学会了躺在海滩边的水洼里，让波浪刚好盖住他的身体，他只要一划动双鳍就会漂浮起来。但是他总是会躲开那些会伤害他的大浪头；在两星期里他学会了用鳍划水，在这期间，他不停地在水里踉踉跄跄地沉下去又浮起来，一边呛水，一边哼哼。有时他会爬上海滩，在沙堆里打会儿瞌睡后又下到海里，直到他终于觉得，他在水里就像到了家一样。

你可以想象得出他和他的小伙伴们是多么的兴高采烈，他们迎着大浪头扎猛，或是跨上一个比一个高的卷浪，然后跟着这个大浪头涌向海岸顶里头的沙滩上，然后扑通一声落到地上；要不就是学老海豹那样，用尾巴直立起，动着自己的脑袋；或者是爬到伸出浅海湾的滑溜溜的岩石顶上做"我是城堡国王"的游戏。有时他会看见水里有一条非常像大鲨鱼的鱼翅一样的薄薄的鱼翅，正紧贴着海岸漂过来，他知道，这是逆戟鲸格兰普斯。他要是抓得着年轻的海豹的话，就会毫不客气地吃掉他们；柯蒂克就会像飞箭似的朝海滩逃去，那只鱼翅就会慢吞吞地扭摆开去，仿佛它根本就没有打算找什么似的。

到了 10 月，整个部族的海豹们就会开始离开圣保罗岛，迁移到深海区去。这时候，就再也没有人为了争夺喂养小海豹的窝而打起架来了，而那些霍卢斯契基也可以任意地到处自由玩耍了。玛特卡对柯蒂克说："从明年起你就是霍卢斯契基了；但是今年你首先得学会捕鱼。"

他们一块儿出发去横渡太平洋。玛特卡正在教柯蒂克怎样仰天躺着睡觉，她让他把他的鳍贴着身子收拢起来，让他的小鼻子露出一点在水面上。再也没有像太平洋上摇荡起伏的漫长的波浪这么舒服的了。柯蒂克觉得他全身的皮肤都是痒酥酥的。玛特卡告诉他，他现在正在体会着"海水的味道"。那种带点刺痛的酸麻感觉，说明坏天气就快要到来了，他应该快点游，好离开这儿。

她说："用不了多少时间，你就会知道该往哪儿游了，不过现在，我们就跟在海豚波帕斯后面吧，他是非常聪明的。"一大群海豚扎进海底，正在飞快地赶着路。小柯蒂克使劲儿地跟在他们后面。他喘着气问道："你们是怎么知道该朝哪儿游的呢？"这群海豚的头领翻着白眼，一头扎了下去。他说道："我的尾巴觉得有点刺痛，小伙子。那就是说，一场风暴正跟在我背后。来吧！假如你在的雨边的时候，你的尾巴就会开始觉得刺痛，那就是说，你的前头有一场风暴，你就必须朝北边去了。快来吧，我觉得这儿的海水有点不太对头。"

这就是柯蒂克学会的许多件事情中的一件。他每时每刻都在学习。玛特卡教了他很多，其中包括沿着海底的沙洲追逐鳕鱼和大比目鱼，从海草丛中的洞穴里抠出黑鲹来；还有教他怎样绕过海底沉船残骸，在鱼群中间像一颗子弹一样掠进这边的舷窗，又从另一边的舷窗里游出来。玛特卡还教他当整个天空到处是闪电的时候，怎样在浪尖上跳舞，并且有礼貌地向短尾巴信天翁和战舰鹰晃动自己的鳍；还教他怎么样让他的鳍紧紧贴住身子，像一只海豚一样把尾巴弯起来，跃出水面三四米高；她告诉柯蒂克不用理睬飞鱼，因为他们身上尽是骨头；她教他在海底 27 米深的地方全速前进时，怎样一口咬下一只鳕鱼的肩胛肉；还教他不要停下来看一只小船或是一艘海船，尤其看一只划艇。六个月以后，柯蒂克可以算是已经完全精通深海捕鱼的本领了。在这期间，他的鳍从来没挨过干燥的陆地。

然而有一天，当他正半睡半醒地躺在温暖的海水里时，那里是胡安·费尔南德斯岛附近，突然觉得全身都晕乎乎，懒洋洋的，就像人类感觉春天要到了一样。他记起了 1900 海里外诺瓦斯托西纳男儿又舒服又结实的海滩，记起了他和同伴们玩过的一起游戏，记起了海草甜美的气味，机器了海豹们的咆哮和扭打。就在那一刻，他就扭了头向北方游去了。一路上他遇见了几十个伙伴，他们都是游向同一个地方的，他们说道："柯蒂克！你好啊，我们今年全都是霍卢斯契基了，我们可以在激浪上跳火焰舞，还可以在嫩草地上玩。可是，你这身毛皮是怎么回事呀？"

柯蒂克对自己的毛皮十分自豪，因为现在他的毛皮差不多成了纯白色的，可是他只说了句："快游！我想陆地想得骨头都疼了！"于是他们全体回到了他们出生的海滩。他们听见他们的父辈老海豹们正在雾气里战斗的声音。那天晚上，柯蒂克和一岁的海豹们一块跳起了火焰舞。在那个夜晚，从诺瓦斯托西纳一直到卢坎龙，大海里充满了熠熠发光的火焰，每一头海豹身后都留下了一道像是燃烧着的油一样的亮痕，每当他们跳跃的时候就会发出一道闪亮的火光。后来他们进入了内陆，来到了霍卢斯契基的地盘上，他们在青嫩的野麦子地里滚来滚去；互相讲着他们在海里做过些什么事情。他们讲起太平洋就好像男孩子们讲起他们去采干果的那个树林一样兴高采烈。要是有人能听懂他们的话，他回去一定可以画出一幅从来没画过的大洋地图。一群三四岁的霍卢斯契基从哈钦森山上蹦跳着下来了，并大声喊道："小家伙们！让开道，海水深着呢！你们不知道的海里的东西多着呢。等你们绕过了合恩角再说吧。嗨，你，说你呢，一岁的小家伙，你是从哪儿搞来的那件外衣？"柯蒂克说："我没有从哪里搞来，它是自己长出来的。"他正想把刚才说话的那家伙掀一个跟头呢，这时候从沙丘后面走出来两个有着黑头发和扁平的红脸盘的柯蒂克从来没有见过人，他呛咳起来，便低下了头。那些霍卢斯契基只是慌慌张张地往旁边躲开了几码远，然后乖乖地待在那里瞪着。这两人不是别人，他们正是岛上捕海豹的猎人首领克里克·布特林和他的儿子帕塔拉蒙。他们是从一个离小海豹窝不到半英里远的小村庄里来的。现在他们正在考虑要把哪些海豹赶到屠场去，以后便把他们变成海豹皮外套。

帕塔拉蒙说："嘀瞧，那里有只白海豹！"

尽管他皮肤上蒙着一层油腻和煤烟，可是克里克·布特林的脸色还是变得惨白。他是不爱干净的阿留申岛民。接着他嘴里喃喃地念起了祷词。"帕塔拉蒙，别碰他，打从我出生以来，我还从来没有出现过一只白海豹呢。它也许是去年在那场大风暴里失踪的老札哈罗夫的鬼魂。"

帕塔拉蒙说："我不打算到他跟前去，因为他看起来好像不吉利似的。你真的认为他是老札哈罗夫回来了吗？我还欠他几只海鸥蛋呢。"

克里克说："别瞧他。赶那群四岁的海豹吧。工人们今天剥出了二百只海豹的皮，不过他们还都是新手，而且季节刚刚开始，剥一百只就够了。快一点！"

帕塔拉蒙在一群霍卢斯契基面前敲了一对海豹的肩胛骨，他们都呆住了，呼哧呼哧地直喘气。后来帕塔拉蒙往前逼近一些，海豹们就便开始移动了，于是克里克就领着他们朝内陆走去，剩下的海豹们根本没有想到他们的同伴回到哪里去。好几十万只海豹眼睁睁地看着他们被赶走，却不闻不问，只管照样玩下去。柯蒂克是唯一一个提出问题的海豹，可是他的同伴们什么也不知道，他们只知道每年都会有六个星期或者两个月的时间，人们总是这样来赶走海豹的。

他说道："我要跟踪他们。"就这样，他就跟在那群海豹后面爬过去了，他的眼睛都差点儿要掉到脑袋外面去了。

帕塔拉蒙喊了起来："那只白海豹跟在我们后面来了，这是头一回有海豹自己独自来到屠宰场。"

克里克说："嘘！别往后看，那是札哈罗夫的鬼魂！我一定得把这件事情告诉神父。"

到屠宰场去有半里路，但是他们却花上了一个小时才走到了那里，因为克里克知道，海豹们要是走得太快的话，他们就会发热，等剥了皮以后他们的毛就会一簇簇地脱落下去。所以，他们得慢吞吞地朝前走，经过韦伯斯特邸宅，海狮颈，直到他们来到海豹看不见的撒尔特邸宅。柯蒂克气喘吁吁、满怀好奇地跟在他们后面。他以为他跟着他们已经到了世界的尽头，可是他背后哺育小海豹的营地的吼叫声仍然是那么的响亮。接着克里克在苔藓上坐了下来，拿出一只沉重的怀表看了看时间，等了 30 分钟，因为想让这群海豹凉快下来。柯蒂克都能听见清晨的露珠从他的帽檐上滴下的声音。然后有十到十二个手里都拿着三四米长、包着铁皮的木棒的人走了过来。克里克把海豹群里一两只被同伴咬伤或是赶路的时候赶得太热的海豹指给他们看，那些人便抬起他们用海象脖颈皮制成的厚靴子，把这几只海豹踢到了一边去，接着克里克说了声："干吧！"于是那些人就举起棍棒朝海豹的头上敲了下去。

10 分钟后，小柯蒂克就再也认不出他的朋友们了，因为人们已经把他们的皮从鼻尖一直撕开到了后鳍——然后猛地扯了下来，扔在地上，堆成了一堆。

对于柯蒂克，这些已经够了。他掉转身就狂奔起来，直到了海里他才停了下来。他那刚刚长出来的小胡须都恐惧得一根根竖了起来。他跑到了海狮颈，巨大的海狮坐在那里的浅海滩边缘上。他抬起双鳍举过头顶，跳进了清凉的海水里，在水里摇晃着身体，痛苦地喘着气。那里有个海狮粗声粗气地说着话，这是因为海狮们一般都待在一起，不太跟外人往来。

柯蒂克说："斯库奇尼欧钦·斯库奇尼！有人把海滩上所有的霍卢斯契基都杀死了！"

海狮扭转头朝着内陆，他说："胡说八道！，你的朋友们还在像往常那样在海滩上大声嚷嚷呢。你一定是看见了老克里克干掉一群海豹了吧。他那么干已经都 30 年了。"

柯蒂克说："太可怕了。"这时一个浪头打了过来，他一面向后退着，一面划动着双鳍打了个旋子，正好在离一块锯齿形岩石边上只有三米远的地方稳稳地停住了身体。

海狮说："干得不错，一岁的小伙子！"他很能欣赏高超的游泳技术。"我想，从你的角度看，它的确是件可怕的事情；不过，你们海豹们每年总是要到这里来，人们当然会知道啦，除非你能找到一个人们从来没去过的岛，否则人们总是要来赶走你们的。"

柯蒂克开口问道："有这样的岛吗？"

"我跟在大比目鱼波尔图的后面游了 20 年，到现在为止还没有找到过这样的岛呢，不过，——你似乎特别喜欢找比你身份高的人说话；那你可以到海象小岛去找西威奇谈谈。他也许会知道点什么呢。别那么拔脚就跑呀，你得游很久才到那里呢，要是我的话，我就先上岸打个盹儿再去，小家伙。"

柯蒂克认为这主意很不错，所以他听从了海狮的建议，游回了自己的海滩，上岸睡了半个小时。他睡的时候周身不住地抽动着，海豹们睡觉都是这个样的。接着他就直接出发到海象小岛去了。那是一块正好位于诺瓦斯托西纳东北方的低矮多岩的小岛，只有海象们成群结伙地生活在那里，除了海象剩下的全都是岩石台阶和海鸥窝了。

他在离老西威奇很近的地方上了岸。老西威奇是一只北太平洋的长着粗脖根和长长的牙齿的身躯肥胖的，还长满了疙瘩的丑陋的大海象。除了睡着的时候以外，他对人完全没有礼貌，而这时他正好在睡觉，他的前鳍一半浸在浅浅的海水里，剩下的一半露在外边。

柯蒂克喊道："醒醒！"因为这时海鸥的叫声震耳欲聋。

西威奇说："咳！嗬！哼！什么事？"他用长牙敲了一下旁边的海象，以至于把那只海象敲醒了，旁边的那只海象又敲了他旁边的海象一下，如此下去，直到所有的海象都醒了过来，他们向四面八方望来望去，偏偏不望柯蒂克在的地方。

柯蒂克就像一条白色的小鼻涕虫似的在水里漂上漂下，说："嗨！是我呀。"

西威奇说："哎，让老天……剥了我的皮吧！"于是他们一齐紧盯着柯蒂克看。你可以想象出那种景象。可柯蒂克已经不愿意再听什么剥皮不剥皮的话了；他已经瞧够了剥皮的事；所以他喊了起来：

"请问有没有什么地方是人们从来没有到过的，可以让海豹去住？"

西威奇闭上眼睛说道："你自己去找吧，走开。我们这儿正忙着呢。"

柯蒂克像海豚一样一下子腾空跃起，拼命放大嗓门嚷了起来："吃蛤蜊的家伙！吃蛤蜊的家伙！他知道，虽然西威奇总是装作是个很吓人的角色，但是他只会用鼻子挖些蛤蜊和海草吃，他这辈子还从来没逮住过一条鱼呢。那些随时都在等待机会欺负人的市长鸥、三趾鸥和海鹦们马上就响应起了这样的叫骂。于是，几乎在 5 分钟之内，岛上的居民全都狂喊乱叫着："吃蛤蜊的家伙！斯塔列克老头儿！"而西威奇则一面翻动着身体，一面哼哼着。

喊叫得喘不过气来的柯蒂克问道："这下你肯告诉我了吧？"

西威奇说："去问海牛吧！他要是还活着的话，一定会告诉你的。"

柯蒂克在转身走开的时候问道："我怎么知道哪个是海牛呢？"

一只鸥在西威奇鼻子底下盘旋着，尖叫道："他是大海里面唯一比西威奇还丑的家伙，可能要比西威奇丑得多，更没有礼貌！斯塔列克！"

　　柯蒂克游回到了诺瓦斯托西纳，那里只有海鸥在尖叫。直到现在他才发现，虽说他尽了自己有限的力量在给海豹找块安静地方，却没有一个海豹对他表示同情。海豹们告诉他说，人们是一向把霍卢斯契基赶走的——这样的事儿一点也不稀奇——他如果不愿看见这种丑恶的事情的话，他就不该到屠宰场去看那些。但是除了他，没有一只海豹亲眼见过屠杀，这就使他没办法和他的朋友们得出一致的意见。况且，柯蒂克还是只白色的海豹呢。

　　老西卡奇听了儿子的冒险经历后这样对他说："你一定得快点长大，长成和我一样的大海豹。到那时，你在海滩上也会有一个自己的哺育小海豹的窝，那样他们就不会来招惹你了。再过 5 年时间，你就能独立战斗了。"就连他的母亲，温柔的玛特卡也对他说："你永远也没法制止屠杀。柯蒂克，到海里去玩吧。"于是柯蒂克去了，他的一颗小小的、十分沉重的心，跳起了火焰舞。

　　那年秋天，他早早地离开了海滩，独自出发了，因为他那顽固的脑袋瓜里早就有了一个主意。只要海里有海牛的话，他一定要找到这个家伙。他还要找到一个海豹可以居住的、有出色的结实的沙滩的、人们找不到的安静海岛。于是他独自去寻找了，他找了又找，从北太平洋找到南太平洋，有时会在一天一夜游上 80 多海里。在这期间，他经历了说不完的冒险，他差点儿被斑点鲨、晒鲨和双髻鲨抓住，他在海里遇见了那些身体笨重、彬彬有礼的鱼，还有所有游荡的不可靠的恶棍，还有带着红色斑点的扇贝，它们居留在一个地方已有几百年了，所以它们对此非常自豪；但是他就是没有遇见海牛，也没有找到一个使他中意的人们没有去过的海岛。

　　如果他找到一处又好又结实的海滩，后面还有可以让海豹们在上面戏耍的斜坡的话，那么，在远方的天边总是会有一艘捕鲸船在冒着黑烟，煮着鲸油，柯蒂克完全知道它意味着什么。柯蒂克明白，只要人们来过一次，他们以后还会再来的。

他认识了一只短尾巴的老信天翁。信天翁对他说，克圭伦岛是最平安最清静的地方。可是当柯蒂克到那儿的时候，却遇到了一场夹着闪电雷鸣的大冻雨。在那里，柯蒂克差点儿在险恶的黑乎乎的悬崖上被撞得粉身碎骨。可是当他顶着风暴离开这块地方的时候，他看出这里也跟他去过的所有其他海岛一样，也曾有过一块哺育小海豹的营地。

利默欣列举了一长串海岛的名字，因为他说这些是柯蒂克花了五个季节的时间来寻找的，每年他只在诺瓦斯托西纳休息四个月。每到这时，那些霍卢斯契基们会常常取笑他和他幻想中的岛屿。他去过赤道线上一块干燥到极点的加拉帕戈斯群岛，在那里他几乎被烤焦了；他到过南奥克尼群岛、佐治亚群岛、小南丁格尔岛、埃默腊尔德岛、布维岛、果夫岛、克罗泽群岛，甚至去过好望角以南的一个小丁点儿大的小岛。可是不管他到哪儿，海里的百姓告诉他的，全是同样的事。从前海豹来到这些岛上，但是全被人们杀绝了。甚至当他游了几千海里，游出了太平洋，到了一个名叫科连特斯角的地方的时候，他发现有几百头毛皮脏乱的海豹呆在一块岩石上头，他们对他说，人们也到过这里。

这句话伤透了柯蒂克的心。他绕过合恩角回到了故乡的海滩；在北上的途中，他在一个长满苍翠树木的小岛上了岸，在那里，他看见一头奄奄一息的、老极了的老海豹。柯蒂克就替他捕鱼，并向他倾诉了他的苦恼。柯蒂克说："我已经找遍了整个海域了，但还是没找到。所以现在我就要回到诺瓦斯托西纳去了，以后哪怕我和霍卢斯契基一块儿被赶到屠宰场去，我也会无动于衷的。因为我已经尽力了。"

老海豹说："孩子，再试一次吧。我是已经灭绝了的玛撒弗埃拉海豹家族里最后一个成员了。当年人们十万头十万头地杀死我们。那时候海滩上曾经流传过这么一个故事，说是总有一天，一只从北方来的白海豹，他会引着海豹们到一个平安的地方去。我老了，看不到那一天了，但是别的海豹还是能看到的。你就再试一次看看吧。"

　　于是柯蒂克翘起他漂亮极了的胡须，说道："我是自古以来海滩上诞生的唯一的白海豹，而且我是在全部黑的和白的海豹里唯一想要去寻找新海岛的海豹。"

　　这想法大大地鼓舞了他；那年夏天他回到诺瓦斯托西纳以后，他的母亲玛特卡恳求他结婚成家，因为他不再是个霍卢斯契基了，他已经成了一个成年海豹了，他的肩头长着蜷曲的白色鬃毛，他已经像父亲一样威风凛凛、高大魁梧了。他说："再让我等一个季度吧！妈妈，要记住，第七个浪头总是最靠近海滩里面的。"

　　说也奇怪，在诺瓦斯托西纳，另外还有一头海豹也认为她结婚可以再等一年，柯蒂克出发前进行的最后一次探索的前夕，他就和她在卢坎龙海滩上跳了一整夜的火焰舞。

　　这次他动身向西方去了，因为他跟踪上了一大群大比目鱼，他追逐他们，直到他感到困倦了，他非常熟悉这里的海岸，所以他蜷曲了起来，躺在涌向科珀岛的巨浪窝里睡着了。当午夜时分他觉得自己撞在一块海草丛生的海床上时，他说："哼，今晚的潮水真猛呀。"他在水底下翻了个身，然后慢慢睁开了眼睛，伸了个懒腰。这时，他突然像只猫一样地跳了起来，因为他看见在海滩的浅水里，有些巨大的家伙们正在嚼食着浓密的海草丛边缘上的草。他在胡须的掩盖下悄声说道："用麦哲伦的巨浪起誓！这到底是什么深海里的族类？"

　　他们不像何蒂克曾经见过的任何生物，不像海狮，也不像海象、熊、鲸、鲨、鱼、海豹、乌贼或者扇贝。他们足足有二三十米长，有一条像是用潮湿的皮革削成的铲子形的尾巴，却没有后鳍，他们的脑袋是你从来没见过的那种其蠢无比的样子，他们在不吃草的时候，就用尾巴顶端作支柱，支撑着全身，彼此庄严地躬身行礼，并且会摇晃着他们的前鳍，像个肥胖的男人挥舞手臂一样。

　　柯蒂克说："嗨！先生们，打食顺利吧？"那些硕大的生物们鞠躬作答，并摆动着他们的前鳍，就像青蛙跟班一样。当他们又开始吞吃起食物来的时候，柯蒂克看出，由于他们的上唇是裂成两半的，所以他们可以把上唇扯开一叭远，在裂口里装进整整一蒲式耳的海草，再把裂口并拢起来。

柯蒂克说：“你们这种吃法可够邋遢的。”听完柯蒂克的话，他们再次鞠起了躬来。柯蒂克按捺不住火气了。他说：“好吧，就算你们的前鳍比旁人多出一节来，你们也用不着这么拼命地卖弄它呀。我想知道你们的尊姓大名。”那些巨大的生物们裂开的上唇嚅动着，开合着，呆滞的绿眼睛瞪着；柯蒂克知道了，他们就是不说话。

柯蒂克说：“好吧！你们是我见过的唯一一个比西威奇还丑的动物——而且你们比他还没有礼貌。”

突然，他在一瞬间想起了那只鸥在海象岛上向他尖叫的话。他知道他终于找到海牛了，所以他赶忙又爬回到了海水里。

海牛们继续在海草丛中撕扯着、吞咽着，柯蒂克用他在漫游途中学来的各种语言向他们提出问题：因为海族们使用的语言种类和人类使用的语言种类几乎一样多！但是因为海牛是不会说话的，所以柯蒂克提出的问题都没有什么回答。他们的脖子上本该有七块骨头的，可是现在只有六块，因此，据说他们在海底甚至都无法和同伴们交谈；不过，你要知道，他的前鳍上多了一节骨头，因此他们可以上下挥动前鳍，这也勉强可以算是发出一种信号了。

快到天亮时，柯蒂克的鬃毛已经气得全都竖了起来，他的克制力已经飞到了死螃蟹呆着的地方。这时海牛们开始缓慢地向北走了，而且还不时地停下来进行商讨。柯蒂克跟在他们后头，他对自己说：“像这类白痴一样的家伙，如果不是想借助他们找到某个安全的海岛的话，他们早就被杀光了。”

海牛们一天的行程从不超过四五十里，他们到晚上就会停下来吃食，而且一直停留在离海岸很近很近的地方。这种旅行对柯蒂克来说实在是太腻烦了。不论柯蒂克在他们头顶上游，绕着他们转圈子，还是在他们身子底下游，都没法促使他们赶快赶路。柯蒂克不耐烦得差点把胡须都咬掉了。他们到了北边后，每隔几小时便会凑在一块鞠着躬商量一次。后来他才发现他们是在追随着一股温暖的水流。这才使他增加了对他们的尊敬，减少了对他们的厌烦。

一天晚上，他们像石头一样沉进了海水里。自从柯蒂克认识他们以来，他们是第一次这么迅速地游了起来。柯蒂克跟着他们，他们的速度使他感到非常惊讶，因为他从来没有认识到海牛是出色的游泳家。他们朝岸边的一座峭壁游去——峭壁的底部都深深地埋进了水底——他们钻进了峭壁底部离海面53米的一个黑沉沉的洞穴里。他们游了很久很久，柯蒂克紧跟着他们走着，早在钻出那黑暗的隧道之前很久，他就已经觉得缺乏新鲜空气了。

他浮出另一头的水面，呼哧呼哧大口喘着气，说："我的脑袋！这趟潜游虽说不短，但也真值得。"

海牛们已经散开了，现在正沿着一条条柯蒂克从来没见过的海滩边缘吃着草。这儿有一望无际的、磨得光溜溜的、伸延到许多里外的岩石，那里正适合作海豹的哺育营地。在岩石后面，有一片坚实的倾斜着伸向内陆的沙地嬉戏场。这里有让海豹打滚的茂密的野草，还有让海豹在上面跳舞的大浪头。还有可以让海豹爬上爬下的沙丘；柯蒂克从海水的味道知道，人类从来没有到过这里。这里最叫他满意的正是这一点，真正的海豹是从不会弄错的。

柯蒂克做的第一件事就是弄清楚这儿是不是可以捕到大量的鱼。他沿着海滩游过去，数了数在起伏流动的美妙雾气中的，那半隐半现的妙不可言的小岛到底有多少个。因为北边出海的地方是一连串的沙洲、浅滩和暗礁，所以使得任何船只都没法开到离海滩六里以内；在小岛群和这片陆地之间有一条深水区，这条深水区一直延伸到那边垂直的峭壁脚下，在悬崖下面的某个地方就是那条隧道的出口。

柯蒂克说："这里简直跟诺瓦斯托西纳一模一样，不过比它还要好上十几倍。海牛肯定比我想的要聪明得多。哪怕这儿有人，他们也没办法从峭壁上下来；而且在这里，海边的沙洲会把一条船撞成碎片。这儿就是大海里最安全的地方了。"

他开始想念留在家里的海豹了。但是，虽然说他急着回到诺瓦斯托西纳，但他还是彻底巡视了一番这块新地方，以便回答所有的问题。

柯蒂克潜进海水里，在摸清楚了隧道的出口后，便迅速向南游去了。除了海牛和海豹，别人做梦也不会想到会有这样一块地方。柯蒂克自己也很难相信，他曾经游到过悬崖下面。

虽然他游得并不慢，但还是用了整整6天才赶回到家里。正当他从海狮颈下面露出来时，他见到的第一个人就是那个一直等着他的海豹，她可以从他眼里看得出来，他终于找到了他的岛。

但是当柯蒂克把他的发现告诉那些霍卢斯契基，他的父亲西卡奇，和所有其他的海豹们的时候，他们全都嘲笑了他。一头和他相仿的年轻海豹说："柯蒂克，这些话听起来倒真不错，可是你不能这样从谁也不知道的地方钻出来，这么命令我们。你得记着，我们曾经为了我们的哺养营地战斗过，可你却从来没有过。你只愿意在你的海里荡来荡去。"

柯蒂克说："可是我没有需要我为它战斗的海豹窝呀，我只想给你们看一块很安全的地方。难道打架有什么用处吗？"

那头年轻的海豹恶意地嘻嘻笑着说："哦，假如你想缩回去，我当然没有什么话可说的。"

柯蒂克问道："假如我打赢了，你愿意跟我一块去吗？"他因不得不打一架非常生气。他的眼里射出了绿幽幽的光芒来。

年轻的海豹毫不在意地说："很好，假如你打赢了，我一定去。"

　　年轻的海豹已经没有时间改变主意了，因为柯蒂克的头已经伸了过来，牙齿埋进了他颈项的那块肥肉里。接着他朝后一歪蹲下去后，把他的对手拽到海滩上，使劲地摇晃着他，然后把他打翻在地。柯蒂克对海豹们吼叫道："这五个季度以来，我费尽了力气，给你们找到了一个安全的海岛。然而，你们硬是不相信。现在我就好好教训你们一顿，直到把你们的脑袋拽得跟你们的傻脖子分了家为止。你们小心吧！"

　　利默欣，他每年都能见到一万头大海豹进行战斗。告诉我他这辈子，——从没见过像柯蒂克那样对海豹哺育营地发起的冲锋。他对着他找到的个头最大的海豹扑了上去后就咬住了他的喉咙，使得对方出不了气，噼里啪啦一气把这头海豹打得只叫饶命；然后他甩开了这头海豹，再向下一头海豹发起了进攻。你要清楚，柯蒂克从来不像大海豹那样每年禁食四个月，而这次深海旅行又使得他的身体状况保持得非常良好，而其中最妙的是，他从来没有打过一次架。但他一旦生起气来，那蜷曲的白色鬃毛就一根根竖了起来，眼睛冒着火焰，大白犬牙发着光，样子神气极了。

　　柯蒂克的老父亲西卡奇看着他猛冲过来，把那些老海豹推过来拽过去，把那些年轻的单身汉们撞得东歪西倒的；于是西卡奇大吼一声，喊道："他也许是个傻瓜，可他却是海滩上最出色的斗士，比谁都勇敢。别跟你父亲交手啦，我的儿子！他永远是站在你这边的！"

　　柯蒂克吼了一声作为回答。接着老西卡奇摇摇摆摆地参加到了战斗中去，他的胡须直竖了起来，吼声像个火车头的笛声一样响亮，玛特卡和那个快要和柯蒂克结婚的海豹退到了一边，欣赏着她们的男子汉。这是一场了不起的决斗。父子两人一直揍到所有海豹都不敢抬起头来为止。他们父子俩大声吼叫着，肩并肩地在海滩上神气十足地踱来踱去。

　　天黑了，北极光在雾气中发亮的时候，柯蒂克爬上了一块光秃秃的岩石，低头看着打得七零八落的海豹营地和被咬得皮开肉绽遍体鳞伤的海豹们。他说："瞧吧，我已经教训你们一顿了。"

老西卡奇身上也被咬得伤痕斑斑，他吃力地挺起腰来说道："哎唷！就连逆戟鲸也没法把他们教训得这么狠。儿子啊，我真为你骄傲，不止是骄傲。如果真的有那么个岛的话，我要和你一块到那里去。"

柯蒂克吼道："嗨，你们这些海里的肥猪！谁跟我到海牛的隧道里去？回答呀，不然我又要教训你们了。"

沿着长长的海滩，响起了成千个疲倦的声音，就像潮水拍打海岸般的喃喃声一样："我们跟你去，我们愿意跟随白海豹柯蒂克。"

柯蒂克把脑袋垂到双肩里，骄傲地闭上了眼睛。他已不再是一只白色的海豹了，他全身上下都染成了红色。可是，他却一点也不屑于他的伤口。

一星期以后，柯蒂克率领着他的那支将近一万头霍卢斯契基和老海豹的大军浩浩荡荡地向北方海牛的隧道出发了。而那些留在诺瓦斯托西纳的海豹把他们叫做白痴。但是在来年的春天，他们在太平洋上的捕鱼场碰头了。柯蒂克的那伙海豹给他们讲了许多关于海牛隧道尽头的新故事，使得以后每年都有更多的海豹离开了诺瓦斯托西纳。

当然，事情并不是一帆风顺的。海豹们总是喜欢花很长的时间来盘算。不过年复一年，每年都有更多的海豹离开诺瓦斯托西纳，离开卢坎龙，离开其他的哺育营地，去到那安静的、隐蔽的在海牛隧道尽头的海滩。以后的每个夏天，柯蒂克都在那些海滩上，变得一年比一年高大、壮实。而那些霍卢斯契基们都围在他的四周，在人类从没有到过的海里嬉戏玩耍。